陪伴孩子一生的

最棒 LIWU 的礼物

李树忠 编著

北京时代华文书局

图书在版编目（CIP）数据

最棒的礼物 / 李树忠编著 . -- 北京 ：北京时代华
文书局，2018.2（2020.1 重印）
ISBN 978-7-5699-2103-8

Ⅰ . ①最… Ⅱ . ①李… Ⅲ . ①品德教育—少儿读物
Ⅳ . ① D432.62

中国版本图书馆 CIP 数据核字 (2018) 第 001778 号

最 棒 的 礼 物

ZUIBANG DE LIWU

著　　者｜李树忠

出 版 人｜王训海
选题策划｜梁明德　余庆
责任编辑｜周连杰
装帧设计｜格林文化
责任印制｜刘　银　訾　敬

出版发行｜北京时代华文书局　http://www.bjsdsj.com.cn
　　　　　北京市东城区安定门外大街 136 号皇城国际大厦 A 座 8 楼
　　　　　邮编：100011　电话：010 - 64267955　64267677
印　　刷｜山东泰安新华印务有限责任公司　0538-6119320
　　　　　（如发现印装质量问题，请与印刷厂联系调换）
开　　本｜160mm×230mm　1/16　印　张｜12.50　字　数｜168 千字
版　　次｜2018 年 4 月第 1 版　　印　次｜2020 年 1 月第 2 次印刷
书　　号｜ISBN 978-7-5699-2103-8
定　　价｜38.00 元

前　言

　　"隔着玻璃，冬天的阳光温暖而明亮，打在路边的树干上，白白的一片，树梢上的几片叶子，在风中抖动，似乎能听到'沙沙沙'的声响……"

　　"隔着一层半透明的雾，天上有一团不怎么耀眼的光球，时而大时而小，好像在'嗡嗡嗡'地呼吸，吹出的气，把地上青色的树干都刷成了白色……"

　　两段话，描写的是同一种景象，第二段添加了一点想象，却产生一种别样的味道，这就是想象力的奇妙之处！

　　儿时，想象力如同我们呼吸的空气，藏在我们的眼睛里，躲在我们的梦中，它无处不在，无时无刻不在我们身边。每天睁开眼睛，看到的一切，都会伸出双腿，活泼地跳进我们的脑海里，变成一个个生动的故事。在故事里，我们是屠龙的勇士，是高贵的王子，是举着武器、英勇向前的骑士；在故事里，我们穿过危险的森林，冲上坚固的城堡，摘下胜利的旗帜；在故事里，我们获得朋友的帮助，赢得公主的友谊，受到国王的赏识……这些故事告诉我们：一切皆有可能，在这些故事里，黑和白，如此分明。

　　步入青春，想象力突然变个模样，似乎和我们的生活更加贴近。手腕上的电表，是外太空卫星的接收器，通过它，可以和不同种族、不同语言的外星人交流；脚上的鞋，是新发明的飞行器，轻轻一跺，就能跳十几米高，飞檐走壁，不在话下；鼻梁上的眼镜，是具有透视、放大、定位、穿越等功能于一体的微型机器，可以利用它打击罪犯，回到古代……

　　长大后，想象力似乎已经消失，我们走进了社会，和现实紧紧相贴，可时不时，有一丝火花在脑海中闪现，我们想象，走在路上的每个人都面带微笑，想象和平安静的生活会永远相伴，想象每个人都会得偿所愿，过得幸福、美好，这时候，想象似乎变成了一种愿望，一种能够实现，并且想要实现的愿望。

总而言之，想象力是我们——尤其是青少年必不可少的精神元素。

为了让青少年的想象力茁壮成长，本系列丛书收录了诸多精彩的小故事。每一个故事，都涉及青少年生活中的一个小方面，宛如一份肥料，让青少年的想象力发芽、抽枝、茂盛。亲情、友情、师生情，青少年的成长过程中需要很多很多的爱来灌溉，充满爱的想象是温暖的，这就是《最棒的礼物》；针扎气球不会破，蹲在墙角能隐身，这些存在想象中的事情，只要动手居然会实现，《不可思议的实验》告诉你怎么做；飞机、火箭、卫星，古人觉得不可能实现的东西现在都一一实现了，有实现可能的想象真令人激动，这就是《未知传送门》；英国的巨石阵，南美史前巨画，地球存在的未解之谜，宛如世界想象力的凝结，充满神秘的想象真是令人意往神驰，《地球的43个谜语》为你展现世界的另一面；雪人谷，地下迷宫，海底世界，小勇士的历险经历惊心动魄，《手掌上的天和地》为你讲述……

亲爱的青少年朋友，请你接受这一份心灵礼物，为你的理想，插上想象的翅膀！

编者

2018 年 1 月 28 日

目 录

目 录

目 录

 感谢生活让我们体悟成长的酸甜苦辣 **108**

 感谢挫折给我们上了人生的必修课 **......** **129**

目 录

第 一 章
父母是我们最需要感恩的人

　　台湾著名作家三毛在《稻草人手记》中说，每个人的身边都有两个可爱的守护天使，一直默默地为他们守护着的孩子遮风挡雨，不求回报。他们的翅膀不是用来飞翔的，仅仅是用来遮挡风霜的，因为一直保持这样的姿势，直至孩子离开他们的羽翼时，他们的翅膀已经僵住了，无法再收起来。

　　这两个天使就是我们的父母。父母是我们的第一位老师，也是我们的第一位朋友，他们陪伴我们长大，他们教会我们做人。他们也曾青春美丽，他们也曾光彩照人，但是他们把一切都奉献给了我们，我们长大了，他们却老了。于是，轮到我们来爱他们了，亲爱的爸爸妈妈，请你们歇一歇吧，让已经长大的我们来照顾你们吧！

一 碗 馄 饨

有一天，妈妈问女儿期中考试成绩怎么样。

女孩说在这次考试中发挥欠佳，成绩不理想。

妈妈问她为什么没有发挥好，女孩就生气地说："跟你说不清楚，说了你也不会明白的。"妈妈想弄清楚原因，女孩变得不耐烦了，母女俩发生了争执。

一气之下，女孩转身跑出了家门。母亲在后面叫女孩，女孩头也不回地来到了街上。

女孩漫无目的地走了大半天，感觉到自己有些饿了，看到前面有个小饭馆，可是，她摸遍了身上的口袋，连一个硬币也没有。

店主是一位很和蔼的老婆婆，她看到女孩茫然的样子，就问："孩子，你是不是要吃碗馄饨？"

女孩不好意思地回答："可是我忘了带钱。"

"没关系的，你就吃吧！"

老婆婆说完便端来一碗馄饨。女孩满怀感激，眼泪情不自禁地掉了下来。

老婆婆关切地问："孩子，你怎么了？"

"我没事。我只是很感激您！"女孩一边擦眼泪，一边对老婆婆说，"我们素不相识，而您却对我这么好，我没有钱还让我吃馄饨……"

通过交谈，老婆婆知道女孩是跟她妈妈吵架离家的。于是，她对女孩说："好孩子，你怎么就这么想呢？我只不过是煮了一碗馄饨给你吃，你就这么感激我，那你妈妈煮了十多年的饭给你吃，你怎么就不感激她呢？你怎么还要跟她吵架呀？"

女孩愣住了。她急匆匆地往家走去。刚到家门口，她便看到妈妈焦急等待自己的身影。妈妈看到女儿，脸上立即露出了笑容："赶快回家吧，饭早就做好了，你要是回来晚一点，菜都要凉了！"

听了妈妈疼爱自己的话语，女孩忍不住落泪了。她想，到母亲节那天她一定要给母亲送一束鲜花！

知识加油站

母亲节，作为一个感谢母亲的节日，最早出现在古希腊，时间是每年的 1 月 8 日。在美国、加拿大和一些其他国家，则是每年 5 月的第二个星期日，也有一些国家也是在一年中不同的时节庆祝属于他们的母亲节。母亲们在这一天通常会收到子女们赠送的礼物。

小故事大道理

现在，不少家庭都出现了父母与孩子沟通不良的问题。有的孩子抱怨父母观念陈旧，不懂得他们的想法，常常以消极的态度和父母沟通，一旦交流遇到障碍，就冷不丁冒出一句"懒得跟你们说"或"反正你们也不会答应"的话语。其实，父母都是疼爱孩子的，为了孩子的成长，父母付出了很多心血，作为子女应该理解父母的付出，怀着感恩的心，学会与父母和谐相处。

趁双亲还健在

尼古拉·海托夫出生在保加利亚的一个小山村，中学毕业后，他当过饭店服务员、石匠、面包师等。后来经过努力，成为保加利亚著名的大作家。他专门写了一篇《趁双亲还健在》的文章，以表达对父母的感恩之情。他在文章里这样写道：

我不曾问过自己，我为什么爱着并继续爱着我的双亲，尽管他们早就与世长辞了。但是，我要说，在他们仙逝之后，我反而更爱他们了。这是为什么呢？

直到现在，我才真正认识到他们是怎样的人，他们都为我做了什么。他们为了我往往不顾自己，甘愿牺牲。

在父亲卧床不起、病入膏肓时，为了供我上学，他决定卖掉一片葡萄园和一头公牛——实际上是家里唯一的一头公牛。虽然他也许要买些补品，但他仍然没有为自己着想。他用被子蒙住自己浮肿的双腿，装出很健康的样子，用买药看病的"保命钱"，供我去上学。

他为我卖掉了葡萄园和公牛，而我却没有说一声"谢谢"。现在，没有说出口的这声"谢谢"让我越发感到沉重和悲哀，因为我父亲永远也不会听见这声"谢谢"了！

直到中学毕业，我才真正体会到了父亲为我所做的一切，我对他充满了感激和惋惜之情。因此，我下定决心，用我挣来的第一笔钱，给他买些苹果。因为他需要这样的营养品，而在我家居住的巴尔干山村是买不到苹果的。我从今天推到明天，从明天推到后天，终于在一个春日，得到了父亲于夜间逝世的噩耗……直到现在，在我父亲逝世 20 多年后，那些未买的苹果依然使我如鲠在喉。

我同母亲的关系也是如此。她比我父亲活得长久，活到我找到差事、盖了新房，她搬来同我一起住在山村里，后来又住进城里——她此时已年迈，成天蜷缩在乡下人穿的连衣裙里，手掌上布满了中年劳累结下的厚厚的茧子。每次我去看她，她总是盯着我的眼睛，流露出不悦的神情，问题出在我很少回家看她。我公务缠身，没有时间，其中最主要的原因是，我一次也未曾同她促膝谈心过，让她高兴过。这是因为害羞呢，还是因为难为情？

我想我没有这样做是与家庭环境有很大关系的。父亲从来不叫母亲的名字，总是直呼"他娘"，没有流露过一丝一毫的怜悯和温柔！我在这样的环境中长大，学会了隐藏自己的感情。我爱我的母亲，敬重她，但是，我没有叫过她一声"亲爱的妈妈"或"好妈妈"……这些没有叫出口的字眼也如鲠在喉，可我现在已经无人可叫了。我现在是多么愿意高高兴兴地叫她一声，但我的母亲再也听不见了。

正因为如此，我要对所有那些爸爸妈妈都还健在的人们说：趁他们还在时，去爱他们吧，说出对他们的爱吧！一定要这样做！这是因为，明天或许就晚了，到那时，那些没有说出口的感激的话语、爱的话语将如鲠在喉，使你感到沉重和痛苦，无法解脱！

如果你想为父母买些苹果，你就赶快行动。如果你想说声"谢谢"，你就马上说出口。因为或许再过一刻，你和你的双亲，将永远失去快乐。

海托夫是保加利亚著名的作家。他一生创作了 40 多部作品，最著名的是描写保加利亚西南部山区人民生活的短篇小说集《野性故事》。这部小说集先后被介绍到 22 个国家，翻译成 28 种文字。根据他的短篇小说《山羊角》《男子汉时代》改编的电影在保加利亚更是家喻户晓，并获得国际大奖。中国读者比较熟悉的海托夫的作品有短篇小说《山羊角》《无根树》，散文《趁双亲还健在》等。

小 故事 大 道理

感恩父母不容等待，如果他们还健在，你是幸福的。一个电话、一声问候，都能给父母带来莫大的安慰。赶快行动吧，别给自己留下终身的遗憾。

让 爱 常 驻 我 家

在我国台湾地区的一个小镇上，有一位单身的女人，她每天靠捡垃圾为生。一个浓云密布的早晨，她像往常一样去捡垃圾。当她将身子探进一个垃圾箱的时候，突然，她发现一个襁褓，里面是一个女婴，哭得满脸是泪。

女人把女婴抱回了家。从此，母女俩便相依为命地开始了她们艰辛的生活。几年过去了，小女孩儿在妈妈的精心抚养下，一天天地长高、一天天地长大了。可是，不管外面发出多大的声音，小女孩都没有丝毫的反应，原来她是一个聋哑女孩。

这个女人更加下定决心：一定要不惜一切代价，把这可怜的孩子抚养成人！从那以后，她每天出去得更早，回来得更晚了。

一晃又是几年过去了，小女孩长到了十几岁，越来越懂事了。她发现，妈妈的鬓发已经花白了，腰也弯了，脚步也变得迟缓蹒跚了……于是，她在心底暗暗地告诉自己：一定要勤奋努力，以优异的成绩回报妈妈的恩情！小女孩更加不分昼夜地刻苦学习，每天做完功课，便守在门口等着妈妈回家。

每天，妈妈回家的时候，是她一天中最快乐的时刻，因为妈妈每天都要给她带回一块年糕。在她们这样贫穷的家庭里，一块小小的年糕，对于小女孩儿来说，可是美味佳肴啊，这已经是她最大的满足了。

时间过得真快，一转眼就到了小女孩考大学的日子。一天，一个特大的喜讯传到了小女孩的家里：小女孩收到了大学录取通知书，她考上了大学，实现了多年来梦寐以求的愿望！小女孩在第一时间把这个振奋人心的好消息告诉了妈妈。妈妈听到这个喜讯，不由得泣不成声。20年的风风雨雨，终于有了一个满意的结果，妈妈怎能不百感交集呢？

母女俩哭了好一会儿，妈妈好像忽然想起了什么，她慢慢地走到衣柜前，双手颤抖地拿出了一个襁褓——那是小女孩被遗弃的证明。妈妈在这特殊的日子里，将小女孩的身世一五一十地告诉了她。小女孩得知后，不由得大吃一惊，双腿跪在地上，一头扑进妈妈的怀中，失声痛哭……

这天晚上，妈妈和小女孩谈了整整一夜，将这20年的辛酸往事和痛苦回忆全都告诉女儿……不知不觉，天亮了，妈妈又要出门捡垃圾了。

忽然，这个女孩眼睛一亮，用手语对妈妈说："妈妈，今天晚上您一定要早点儿回家，我要为您做一顿最可口的晚餐，感谢您这20年来对我的养育之恩。"妈妈脸上泛出了微笑。

这一天，女孩兴高采烈地做好了晚饭，盼望着和妈妈吃上这一顿20年来最有意义的晚餐。她站在家门口从黄昏等到了日落，就是看不到妈妈的身影。在这漆黑的夜晚，风裹着雨，雨夹着风，一阵一阵地侵袭着大地。雨越下越大，女孩更加担心妈妈了，她决定顺着妈妈每天回来的路去找妈妈。

她走了很远，突然，在路边看到了倒在地上的妈妈，就马上跑过去抱起妈妈，使劲儿摇晃着妈妈的身体。但是，不管女孩怎么摇晃，妈妈却一句话也说不出来。此时，女孩意识到，妈妈已经永远离开了她。她拉过妈妈，发现她的手里还紧紧地攥着一块年糕。

年糕是用黏性大的米或米粉蒸成的糕。春节时，我国很多地区都有吃年糕的习俗。年糕有黄、白两色，象征金、银。年糕又称"年年糕"，与"年年高"谐音，寓意着人们的工作和生活一年比一年好。

妈妈一生都在为女孩操劳，临终前还紧握着小女孩最爱吃的年糕。虽然，这对母女没有血缘关系，却丝毫不影响她们的母女情。女孩感恩于妈妈对自己的爱护，以优异的成绩回报了母爱。

父亲给的小钱

我有一枚父亲给的小钱，那是给我的安慰奖。因为我试图把他斧子上的缺口磨平，尽管我失败了。那一分钱——当时可以用来买两块泡泡糖，或者一架香油木制的小滑翔机——是个小小的鼓励。我曾希望能得到五分钱，而且，在我心里，它已经有了用场——虽然我知道自己干活时并没有竭尽全力。

磨斧子并不纯粹是为了闹着玩。爸爸需要把斧子磨快，用它劈柴生灶。那是 1938 年，我们家在佛蒙特州租了个年代久远的农场，以远离布鲁克林闷热的街道。当时爸爸是那里卫理公会的牧师。

我沮丧地凝视着这一分钱。"别泄气，泰迪，"父亲说，"我看你干得不错。看你手里的小钱，"他又说，"你知道那上面是谁的头像？"

"知道。是亚伯拉罕·林肯。"

"对。他也碰到过无数的挫折。不过，他从没有因此一蹶不振。"

爸爸面带微笑，继续说着，似乎在讲解他的"初级教义"。我的哥哥，8岁的迈克尔坐在一棵白桦树桩上。我站在旁边。

爸爸问我们，关于林肯，我们知道些什么。我能说的只有这个伟人出生在一间小木屋里，而且爱常常就着火光读书。迈克尔知道得多些：林肯解放了奴隶，拯救了合众国，并且为了他的理想，在耶稣被害的同一天——倒霉的星期五，遭人枪杀。

"没错，"爸爸说，"但是，你们是否知道林肯经营过杂货铺，破了产，并且因此而负债累累？是否知道他两次竞选参议员均遭败绩？事实上，他一生坎坷，历经挫折，然而，人的一生又有几个能比他更顺利些呢？"

"重要的是，林肯不失为一个有志者。"爸爸说，"他有坚韧不拔的毅力。这一点正是你们现在就应该具有的品格。毅力，意味着一种沉着而耐心地承受不幸的力量。"

然后，顺其自然地，父亲在他的说教中讲了一段令人难以忘怀的话，这段话从此深深地铭刻在我心头。

"林肯在精神上和体格上都是一个非常伟大的人物，"爸爸说，"是呀，你们知道，他身高一米九三！"他走到后门廊一张他准备讲稿和写信的书桌前，取出一支削尖的铅笔。"来，孩子们。我给你们看他有多高。"他指着一根门廊柱子。"泰迪，你先来。"6岁的我，把躯干伸直，贴在柱子上。只觉得铅笔在我头上擦过，爸爸画了一条线，表示我的高度。他把我名字的首写字母EWZ和日期写在线的上方。对迈克尔，他也画了一条线，注上MSZ。然后，他又画出自己的身高，一米七二，并且标明VEZ。

接着，他用木工折尺在漆得雪白的柱子上高高地画了一条线，并用印刷体写上亚·林肯——一米九三。刹那间，我似乎感到自己能看到亚伯拉罕·林肯就站在那里。

爸爸又给我们讲了一些有关林肯的故事：从喜欢逗趣的平底船工、

魁梧健壮的锯横木者、土地勘测员，到无师自通的律师、演说家，以及最终成为深谋远虑的总统。

所有这些故事是要告诉我们，林肯的伟大应归功于他积极地利用了他所受到的挫折。爸爸说，失败，能比成功给你更多的教益。处逆境，我们日后才能兴旺发达；遭挫折，我们才懂得奋勇向前；苦于懦弱，我们才变得有力坚强。

爸爸的教育结束了。我不知道哥哥的感觉如何，不过，我觉得自己似乎长大了些……

知识加油站

林肯是美国第16任总统。他领导了美国南北战争，颁布了《解放黑人奴隶宣言》，维护了美联邦统一，为美国在19世纪跃居世界头号工业强国开辟了道路，使美国进入经济发展的黄金时代，被称为"伟大的解放者"，后遇刺身亡。他与乔治·华盛顿、富兰克林·罗斯福被公认为美国历史上最伟大的三位总统。

小故事大道理

父母是孩子最好的老师，培养孩子健全的人格、成功的品质，独立解决困难、自信面对挑战的能力，教育孩子远离恶习，主动承担责任，热情地投入生活，友好地看待他人。是父母在第一时间教会我们如何生活，他们的爱让我们终身受益。

善 待 母 亲

阿财是一家上市公司的部门经理，他有一个漂亮的妻子和一个可爱的儿子皮皮，儿子刚上幼儿园。一家三口和年迈的母亲生活在一起。有一天下班后，阿财走进母亲的房间，一直不说话。

"儿子，你是不是有话想跟妈说，有什么事直接说好了，别憋在心里！"

"妈，公司下个月升我职，我会很忙。皮皮的妈在家也待了几年了，她说很想出去找份工作，所以……"

母亲马上明白了儿子的意思，"孩子，是不是要送我去敬老院？"母亲的声音颤抖地问，"那皮皮怎么办？他还那么小，我真舍不得他。"

儿子沉默片刻，好像是在寻找更好的理由。

"妈，其实敬老院挺好的，您知道皮皮妈一旦工作，肯定没有时间好好服侍您。敬老院有吃有住有人服侍，还有人陪您聊天打牌，不是比在家里好得多吗？至于皮皮，我们已经给他办理了全托。"

"儿子，不是妈不想去，只是舍不得你们和我那大孙子……既然你们都很忙，那我就搬过去好了。"

吃完晚饭，洗了澡，阿财便到书房去。他茫然地伫立在窗前，有些犹豫不决。母亲含辛茹苦将他抚养成人，供他出国读书。关于母亲去不去敬老院的事，他已经与妻子吵了好几次。真的要让母亲住敬老院吗？他一遍又一遍地问自己，他有些不忍。

"可以陪你下半世的人是你的老婆，难道是你的老妈？"妻子总是这样提醒他。

"你妈都这么老了，好命的话可以多活几年，为何不趁这几年好好孝顺她呢？'树欲静而风不止，子欲养而亲不待啊'！"而亲戚又总是这样劝他。

这让阿财左右为难，他不敢再想下去了，生怕自己会动摇送母亲去敬老院的决心。第二天一早，阿财便带母亲到了一家建在郊外的贵族敬老院。是的，钱用得越多，儿子才心安理得。当儿子领着母亲步入

大厅时，崭新的电视机里正播放着一部喜剧，但观众一点笑声也没有。几个衣着一样、发型一样的老人歪歪斜斜地坐在沙发上，神情呆滞而落寞。有位老人自言自语，有位老人正缓缓弯下腰，想去捡起掉在地上的一块饼干。儿子知道母亲喜欢光亮，所以为她选了一间阳光充足的房间。

"妈，我……我要走了！"母亲频频点头，眼睛里已经含满了泪水，对着儿子使劲地挥了挥手。

望着母亲眼窝里晶莹的泪水和干瘪的双手，阿财想，母亲真的老了。他忽然记起一则儿时旧事。那年他才6岁，母亲有事去乡下，不便携他同行，于是准备让他寄住在隔壁邻居阿旺叔家几天。母

亲临走时，他惊恐地抱着母亲的腿不肯放，伤心大声号哭道："妈妈不要丢下我！妈妈不要走！"或许是他凄惨的哭声感动母

亲，最后母亲没有丢下他，而是带他一起，艰难地回了一趟乡下。

管理员的喊声打断了他的回忆，他连忙离开房间，顺手把门关上，不敢回头，深恐那记忆像鬼魅似的追缠而来。

阿财回到家里，妻子与岳母正疯狂地把他母亲房里的东西往外扔。身高3尺的奖杯——那是他小学作文比赛我的母亲第一名的奖品！一本字典——那是母亲省吃俭用买给他的第一份生日礼物……

"够了，别再扔了！"阿财怒吼道。

"这么多垃圾，不把它扔掉，怎么放得下我的东西！"岳母没好气地说。

"就是嘛！你赶快把你妈那张烂床抬出去，我明天要为我妈添张新的！"

"这些都是我妈的财产，一样也不能丢！"

说完后，阿财转身下了楼。这时外面已经淅淅沥沥地下起了小雨。他开上车，雨中的黑夜分外冷寂，街道萧瑟，行人车辆格外稀少。一路上他频频闯红灯，像疯了一样奔往郊外的那家敬老院……

母亲见到儿子手中拿着的那瓶风湿油，感到安慰地说："我忘了带，幸好你送来了！"

他走到母亲身边，跪了下来。"很晚了，妈自己擦就可以了，你明天还要上班，回去吧！"

阿财哽咽了片刻，喉头好像有什么东西堵住一样，听了母亲的话，终于再也忍不住啜泣道："妈，对不起，请原谅我！我们回家去吧！"

"树欲静而风不止，子欲养而亲不待。"出自汉代韩婴《韩诗外传》，意思是，树枝被风吹了很久想静下来，但风却一直不停息，儿子被双亲供养了很长时间想由自己供养双亲了，但双亲却没有等待儿子的供养过早去世了。

故事 大道理

　　这个故事中的儿子和他妻子的做法，是现实生活中部分年轻人的写照。不管我们的年纪多大、离家多远，永远也不能忘记父母给过我们的一切。我们成家立业的时候，父母亲年事已高，他们需要我们悉心照顾。

感人肺腑的爱

　　在一个偏远的小山村，有一户人家，儿子刚上小学时，父亲就去世了。日复一日，母亲含辛茹苦地拉扯着儿子。儿子的个头像春天的翠竹一样，噌噌地往上长。望着高出自己半个头的儿子，母亲眼角的皱纹张满了笑意。

　　然而，当儿子考上县城重点中学的时候，母亲却患上了严重的风湿病，干不了农活，家里的农田荒废了，母子俩的生活更困难了，有时连饭都吃不饱。儿子知道母亲拿不出供自己上学的粮食，便说："娘，我要退学，帮你干农活。"母亲摸着儿的头，疼爱地说："你有这份心，娘打心眼儿里高兴，但书是非读不可的。你先到学校报名，我随后就送米去。"

　　儿子仍固执地不愿意去，这一次母亲急了，挥起粗糙的巴掌，结实地甩在儿子的脸上，这是16岁的儿子第一次挨打……

　　后来，儿子终于同意去上学了，望着儿子远去的背影，母亲默默沉思。

　　没多久，县城重点中学的大食堂来了姗姗来迟的母亲，她一瘸一拐地挪进门，气喘吁吁地从肩上卸下一袋米。负责掌秤登记的熊师傅打开袋口，抓起一把米看了看，眉头就锁紧了，说："你们这些做家长的，总喜欢占点小便宜。你看看，这里有早稻、中稻、晚稻，还有细米，简直把我们食堂当杂米桶了。"母亲臊红了脸，连说"对不起"。熊师傅见状，没再说什么，收了。

又一个月初，母亲背着一袋米走进食堂。熊师傅照例开袋看米，眉头又锁紧了，还是杂色米。他想，是不是上次没给这位母亲交代清楚，便一字一顿地对她说："不管什么米，我们都收。但品种要分开，千万不能混在一起，否则没法煮。下次还这样，我就不收了。"母亲一直低着头，不敢吱声。

第三个月初，母亲又来了，熊师傅一看米，勃然大怒，用几乎失去理智的语气，毛辣辣地呵斥："哎，我说你这个当妈的，怎么顽固不化呀？咋还是杂色米呢？你呀，今天怎么背来的，再怎样背回去！"

母亲似乎早有预料，双膝一弯，跪在熊师傅面前，两行热泪顺着凹陷无神的眼眶涌出："大师傅，我跟您实说了吧，这米是我讨……讨饭得来的啊！"熊师傅大吃一惊，眼睛瞪得溜圆，半晌说不出话。

母亲坐在地上，挽起裤腿，露出一双僵硬变形的腿，肿大成梭形……母亲抹了一把泪，说："我得了晚期风湿病，连走路都困难，更甭说种田了。儿子懂事，要退学帮忙，被我一巴掌打回了学校……"接着又向熊师傅解释，她一直瞒着乡亲，更怕儿知道伤了他的自尊心。母亲还在说着，熊师傅早已潸（shān）然泪下。他扶起母亲，说："好妈妈啊，我马上去告诉校长，要学校给你家捐款。"母亲慌不迭地摇着手，说："别、别，如果儿子知道娘讨饭供他上学，就伤害了他的自尊心，影响他读书可不好，求大师傅千万为我保密！"

母亲一瘸一拐地走了。后来，校长还是知道了这件事，他不动声色，以特困生的名义减免了儿子三年的学费与生活费。三年后，儿子以优异的成绩考进了清华大学。

欢送毕业生那天，熊师傅上台讲了母亲讨米供儿上学的故事，台下鸦雀无声。校长指着台上的三只蛇皮袋，情绪激昂地说："这就是故事中的母亲讨得的三袋米，这是世上用金钱买不到的粮食。下面有请这

位伟大的母亲上台!"

儿子疑惑地往后看,只见熊师傅扶着母亲正一步一步往台上挪。此时,作为儿子,那一刻他在想什么,相信给他的震动绝不亚于惊涛骇浪……

　　早稻是栽培时间较早且成熟早的稻子,产出的大米称为早籼米或早米,口感较差,一般作为工业粮或储备粮。中稻是在季节上处于早熟类型和晚熟类型之间的稻子,一般在早秋季节成熟。晚稻是插秧期较晚或成熟期较晚的稻子。

小故事大道理

　　真情无价,母爱动天!为了让儿子安心读书,母亲不仅抛下自尊,不顾顽疾,四处讨饭,更为了儿子的自尊心,瞒着所有人,一个人偷偷地扛起整副担子。三袋杂粮,饱含了多少浓浓母爱啊,这份爱,感动着所有人,也震撼着所有人。我们还有什么理由不感恩我们的父母呢!

母亲的需要

罗德是旧金山非常成功的商人之一。他唯一苦恼的事情就是，母亲不肯从乡下简陋的家里搬到自己在旧金山的别墅来。

他的母亲已经七十多岁，头发花白。因为早年劳累过度，现在走路直不起身子。她穿最便宜的衣服，吃简单的面包和几片生菜叶子。陌生人谁都不相信她生的儿子是富豪罗德。

罗德3岁的时候，父亲因为结核病无钱医治死去。母亲带着罗德为了生存，不得不像个壮男人一样，加入到了开山挖石的队伍当中。在漫天的尘土中，母亲和那些赤裸着上身、满身沁出汗珠的男人们争夺着被崩下来的石头，这些石头每块至少有三四百斤重。因为每搬运一块石头，就能够得到50美分的工钱。

有一次，罗德的母亲去挪动一块石头的时候，另外一块石头滚落下来，巨大的冲击力使她刚抬起的石头狠狠地落在了地上，一阵钻心的剧痛之后，她的头上挂满了豆大的汗珠，等她坚持着把手指抽出来的时候，根本感觉不到手指在哪里。就这样，她失去了10个手指的指尖，生活逼迫她必须一直坚持做下去。

罗德成功后，有人说她终于可以享福了，住别墅、出入都有最好的汽车。可是，她的生活却没有任何改变。除了她不再工作，性格也没有以前那样暴躁和冲动。她大喊的时候越来越少，脸上总是带着和蔼的笑容。

可是，她不久就病了，而且很严重。医生说，她是因为年轻时候过度劳累，透支了自己的生命。她的各个器官老化严重，很可能支撑不过一年的时间。

伤心欲绝的罗德给母亲买来了营养品，他要去请全世界最好的医生来给母亲治疗，却被母亲拒绝了。母亲像罗德小时候那样，用粗糙的手抚摩着他的脸说："亲爱的罗德，我知道自己没有多少时间了，所以你不要再为我费心。我现在感觉很好。"罗德强忍着眼泪，从母亲的眼里，他看到的是面对死亡的坦然。

就在母亲一天比一天虚弱，一天比一天老态龙钟的时候，罗德的一个合伙人席卷了他的钱财和契约逃之夭夭。一下子，罗德似乎老了10岁，以前那个意气风发的他显得苍老憔悴，嘴边总挂着一丝苦涩。豪华的奔驰换成了一辆老得不能再老的二手福特。罗德把车停在离家很远的地方，然后步行回到自己在小镇上的家里。母亲很奇怪，儿子怎么突然回来过夜。但还是欣喜地收拾出了罗德以前住的小房间。

罗德生意失败的消息，很快通过镇子上的邻居们传到了母亲的耳朵里。他没了存款，欠了一大笔债务，卖了别墅、汽车和旧金山的一切，现在给小工厂主打工。看样子，罗德是没有东山再起的机会了。

罗德的母亲知道这一切后，一一登门，向邻居们央求，不要再说与儿子相关的一切事情。她怕儿子伤心，她像个勇敢的狮子，对不愿配合的人喊着："别去招惹罗德！否则会对你不客气！"

此时，她的病似乎已被自己遗忘，她吃了一些药后，很快生龙活虎起来，在镇子上摆了个摊子，卖一些自己做的糕点。也许是因为味道好的缘故，总是卖个精光。她每天晚上，在给罗德做好饭菜后，就会回到屋子里，把卖糕点的钱一张张地存放到一个盒子里，然后在一张白纸上写下数目。罗德先生早出晚归地忙碌，她不知道儿子在做些什么，她想问，可是最后还是把这个疑问埋在了心里。

时间过得很快，就这样过了20年。她的糕点成了远近闻名的美食。92岁的时候，她因为受了风寒去世，罗德先生伤心地为母亲办了一个盛大的葬礼。但令镇子上所有的人都惊奇的是，旧金山的一些政要也出席了他母亲的葬礼，他们都是罗德的朋友。而且听说罗德先生的生意已经更上一层楼了。

后来，有人问罗德，为什么当初他要伪装得那么落魄回到镇子上去？他说："因为母亲，只有自己先有了活下去的信念和配合治疗的想

法，母亲才能活下去。"

　　旧金山，又称"圣弗朗西斯科""三藩市"。美国加利福尼亚州太平洋岸海港、工商业大城市。19世纪中叶在采金热中迅速发展，华侨称为"金山"，后为区别于澳大利亚的墨尔本，改称"旧金山"。

小 故事 大 道理

　　母亲的隐忍，总是我们最心疼的地方。母亲奔波劳累了一辈子，却还是一心想着守护儿子，把自己放在最后的位置。让妈妈坚持活下去的理由，没有什么比儿子需要她更加有力。因为那始终是世界上所有母亲最为牵挂的事情！

母 亲 的 信 念

　　有一个女孩，没考上大学，被安排在本村的小学教书。由于讲不清数学题，不到一周就被学生起哄"赶"下了台。母亲为她擦了擦眼泪，安慰说，满肚子的东西，有人倒得出来，有人倒不出来，没必要为这个伤心，也许有更适合你的事情等着你去做。

　　后来，她又随本村的伙伴一起外出打工。不幸的是，她又被老板辞退了，原因是剪裁衣服的时候，手脚太慢了，品质也过不了关。母亲对女儿说，手脚总是有快有慢，别人已经干很多年了，而你一直在念书，怎么快得了？

女儿先后当过纺织工，干过市场管理员，做过会计，但无一例外，都半途而废。然而，每次女儿沮丧地回来时，母亲总是安慰她，从没有抱怨过。

30岁时，女儿凭着一点语言天赋，做了聋哑学校的辅导员。后来，她又开办了一家残障学校。再后来，她在许多城市开办了残障人用品连锁店，此时她已经是一个拥有几千万资产的老板了。

有一天，功成名就的女儿凑到已经年迈的母亲面前，她想得到一个一直以来想知道的答案。那就是前些年她连连失败，自己都觉得前途渺茫的时候，是什么原因让母亲对她那么有信心呢？

母亲的回答朴素而简单。她说，一块地，不适合种麦子，可以试试种豆子；豆子也长不好的话，可以种瓜果；如果瓜果也不济的话，撒上一些荞麦种子一定能够开花。因为一块地，总有一粒种子适合它，也终会有属于它的一片收成。

听完母亲的话，女儿落泪了。她明白了，实际上，母亲恒久不绝的信念和爱，就是一粒坚韧的种子；她的奇迹，就是这粒种子执着生长出的奇迹。

荞麦是一种双子叶植物，种子是三角形的，被一个硬壳包裹，去壳后可以磨面食用。荞麦生长期短，可以在贫瘠的酸性土壤中生长，不需要过多的养分和氮素，下种晚，在比较凉爽的气候下开花。可以作为绿肥、饲料或防止水土流失的覆盖植物。

小 故事 大 道理

在我们成长的道路上，母亲恒久不绝的信念和爱，就是一粒坚韧的种子；我们所取得的一些成绩，或者在生活中创造的一些奇迹，就是这粒种子执着生长的最好证明。

可贵的人生财富

1957 年，诺贝尔文学奖获得者、法国当代著名小说家和哲学家阿尔贝·加缪出生在一个贫苦的家庭。

在他还不懂事的时候，父亲就在战场上牺牲了，只剩下母亲和他相依为命。家里没有什么积蓄，因此小加缪和妈妈的生活特别艰难。但是，在小加缪到了上学年龄以后，妈妈还是毫不犹豫地把他送到了学校，她不想小加缪在别的孩子面前感到自卑。

懂事的小加缪很快就发现，因为自己上学又增加了学费和其他一些

花销，妈妈肩上的担子更重了。妈妈每天都努力地工作着，由于经常熬夜，才三十出头，脸上就已经早早地爬满了皱纹。

一天晚上，小加缪又伏在那盏小煤油灯下复习功课，写完作业之后，他看见妈妈还在忙碌，自己又帮不上忙，就早早地上床睡觉了。

半夜里，小加缪忽然被一阵咳嗽声惊醒了，睁开眼睛一看，原来妈妈还没有睡，她正借着微弱的灯光缝补衣服呢。小加缪再也忍不住了，他一骨碌从被子里爬起来："妈妈，我以后再也不能让你这么辛苦了。你看，我已经长大了，是个小男子汉了，我想出去找点活儿干，帮你减轻一下家里的负担。"

儿子善解人意的话，让妈妈的眼睛湿润了，她把小加缪紧紧地搂在怀里，泪水顺着面颊流了下来。

看见妈妈流下眼泪，小加缪有些不知所措："妈妈，难道我说错了吗？你为什么哭了？"

"好孩子，你没有说错。可是你现在还太小，妈妈怎么舍得让你去干活呢。你现在要好好学习，只有等你长大了，才能帮助妈妈减轻负担。"妈妈抚摸着加缪的头轻轻地说。

听了妈妈的话，小加缪认真地点了点头，从那以后，他学习更认真了。可是，尽管妈妈已经很努力地在赚钱，他们家的生活还是越来越困难。读完小学以后，在小加缪的一再央求下，妈妈终于同意了他的要求，让他去做些事情，帮家里减轻负担，但前提条件是不能耽误自己的学习。

从那以后，小加缪一边读书，一边劳动。起初，他找到了一份扫大街的工作。对小加缪来说，这份工作无疑是份苦差事。因为他每天不仅需要很早起床，还要拿着跟他一样高的扫帚去扫大街。扫的地方又宽又大，小加缪常常累得满头大汗。

为了给妈妈减轻负担，小加缪努力地坚持下来了。后来，小加缪又到一个饭馆去洗碗。这个工作与扫大街的工作比起来更辛苦，加缪和几个小伙计每天都拼命干活，但还是常常不能按时洗完那些小山一样高的碗碟。

　　艰难的生活让加缪经受了磨炼，也让他养成了刻苦勤奋的优良品质。后来，他通过自己的不懈努力，考取了大学，并最终获得了诺贝尔文学奖，成了举世瞩目的大文学家。

　　诺贝尔文学奖：诺贝尔在 1895 年 11 月 27 日写下遗嘱，捐献大部分财产 3100 万瑞典克朗设立基金，每年把利息作为奖金，授予"一年来对人类做出最大贡献的人"。根据他的遗嘱，瑞典政府于同年建立"诺贝尔基金会"，负责把基金的年利息按五等分授予，文学奖就是其中之一。

小 故事 大 道理

　　小加缪是懂事又体贴的孩子，妈妈为他的付出，他都看在眼里，疼在心里，用一颗感恩的善良之心，用自己小小的身躯回报妈妈。小加缪的孝顺之举，令我们感动不已。是啊，一个拥有孝心的人，一个能吃苦耐劳的人，还有什么是不能成功的呢，因为他拥有着世上最宝贵的财富！

用心体会父母的爱

在菲里斯很小的时候父亲就去世了，为了帮母亲分担家务，他在别的孩子还在读书的时候就开始在外打工了。刚开始见到母亲的来信时总是有说不出的喜悦，迫不及待地拆开看。可是，慢慢地时间长了，他不再像以前那样在乎母亲的信了。

但是，一如既往的母亲每周都会寄来一封信，开头总是千篇一律："孩子，你在外还吃得饱穿得暖吧？我在家一切安好，不用牵挂，天凉了，记得多穿衣。"或者"天气热了记得多喝水，一定要吃好。"

每封信的结尾也没有什么区别："信快结束了，好儿子，我恳求你，祈祷上帝，你别和坏人混在一起，别赌博，要自爱，好好保重自己……"

因此，时间长了，菲里斯开始能大段大段地背出来了，最后便只读信的中间一段。一边读一边轻蔑地蹙起眉头，对妈妈的生活兴趣感到不可理解。净写些鸡毛蒜皮的事，什么邻居的羊钻进帕什卡的园子里，把他的白菜全啃坏了；什么谁家的猪生了十几头小猪，等等。菲里斯把看过的信都扔进床头柜，然后就忘得一干二净，直到收到下一封泪迹斑斑的来信，其中照例是恳求他看在上帝的面上写封回信。

这天，他又收到了母亲的信。

在回宿舍的路上遇见一位从家乡来的熟人，相互寒暄几句之后，那位老乡问了问菲里斯的工资和生活情况，便含着责备的意味摇着头说："圣诞节快到了，你应该给母亲寄点钱去。冬天家里得烤火取暖，你是知道的。"

菲里斯把刚收到的信塞进衣兜，穿过喧闹的宿舍走廊，走进自己的房间。今天发了工资，小伙子们准备上街，忙着熨衬衫、长裤，打听谁要到哪，跟谁有约会等。

菲里斯故意慢吞吞地脱下衣服，洗了澡，换了衣。等同房间的人走光了以后他锁上房门，坐到桌前。从口袋里摸出还是第一次领工资后买的记事本和圆珠笔，翻开一页空白纸，沉思起来……想到一个钟头以前碰到邻居的事情，菲里斯自然是知道家里的情况的。

他咬着嘴唇，在白纸上方的正中仔仔细细地写上了一个数字：130 美元。经过仔细计算，扣除还债、买衣服、娱乐、吃饭等，还剩余 5 美元。

菲里斯沉默了一会儿，轻哼了一声，5 美元，给母亲寄去这么个数是很不像话的。他想：等下次领到预支工资再寄吧。

他伸了个懒腰，想起了母亲的来信。他打着哈欠看了看表，掏出信封，拆开，抽出信纸。当他展开信纸的时候，一张 1 美元的纸币轻轻飘落在了他的膝上……

菲利斯的眼睛湿润了……

知识加油站

　　圣诞节，每年 12 月 25 日，圣诞节来临时家家户户都要用圣诞蜡烛、圣诞树以及圣诞老人来烘托圣诞气氛。其中圣诞老人是圣诞节活动中最受欢迎的人物。圣诞节在西方国家很隆重，类似于中国的春节。

小 故事 大道理

　　"慈母手中线，游子身上衣"，古人有多少感悟母爱的诗句。父母，总是在无私宽博地爱着我们，这份爱不需要回报，不需要感恩，他们只是发自肺腑、简简单单地爱着我们。这份爱，你体会到了吗？好好爱我们的父母，好好地听父母的话。

感人的母爱

儿子上幼儿园时，妈妈第一次参加家长会，幼儿园的老师说："你的儿子有多动症，在板凳上连三分钟都坐不了，你最好带他去医院看一看。"回家的路上，儿子问妈妈，老师都说了些什么，她鼻子一酸，差点流下泪来。因为全班 30 位小朋友，只有她的儿子表现最差。然而她还是告诉她的儿子："老师表扬你了，说宝宝原来在板凳上坐不了一分钟，现在能坐三分钟了。其他的妈妈都非常羡慕你的妈妈，因为全班只有宝宝进步了。"那天晚上，儿子破天荒吃了两碗米饭，并且没让她喂。

儿子上小学了。家长会上，老师说："全班 50 名同学，这次数学考试，你儿子排在第 40 名，他上课总是精力不集中，爱做小动作。做试卷的时候也很粗心，有几道很简单的数学题步骤都对，但结果都是错的。"走出教室，妈妈流下了泪。然而，当她回到家里，却对坐在桌前的儿子说："老师对你充满了信心。他说了，你并不是个笨孩子，只要上课能认真听讲，做题的时候能再细心些，会超过你的同桌，这次你的同桌排在第 21 名。"说这话时，她发现，儿子黯淡的眼神一下子充满了光亮，沮丧的脸也一下子舒展开来。她甚至发现，从这以后，儿子改变了很多，好像一下子长大了。第二天上学时，起得比平时都要早，而且，放学以后还主动地完成老师布置的家庭作业。

孩子上了初中，又一次家长会。她坐在儿子的座位上，等着老师点她儿子的名字，因为每次家长会，她儿子的名字总是在差生的行列中被点到。然而，这次却出乎她的预料，直到家长会结束，都没听到他儿子的名字。她有些不习惯，临别去问老师，老师告诉她："按你儿子现在的成绩，考重点高中有点危险。"听了这话，她惊喜地走出校门，此时，她发现儿子在等她。走在路上，她扶着儿子的肩膀，心里有一种说不出的甜蜜，她告诉儿子："班主任对你非常满意，他说了，只要你努力，很有希望考上重点高中。"从那以后，儿子学习更勤奋了。中考结束后，儿子以超出5分的成绩进入了重点高中。

时间过得很快，三年时间一晃而过，就要参加高考的时候，她对儿子说，老师对你平时的成绩很满意，妈妈也相信你能考取重点大学。高考结束后，第一批大学录取通知书下达时，学校打电话让她儿子到学校去一趟。她有一种预感，她儿子被第一批重点大学录取了。果然，儿子从学校回来，把一封印有清华大学招生办公室的特快专递交到她的手里，就转身跑到自己的房间里大哭起来，儿子边哭边说："妈妈，我知道我不是个聪明的孩子，可是，这个世界上只有你能欣赏我……"听了这话，妈妈悲喜交加，再也按捺不住十几年来藏在心中的泪水，任它流下，打在手中的信封上……

知识加油站

多动症，是儿童期常见的行为问题。多动症有两大主要症状，即注意障碍和活动过度，可伴有行为冲动和学习困难。多动症通常起病于6岁以前，学龄期症状明显，随年龄增大逐渐好转。部分病例可延续到成年。

小故事大道理

这个故事里的儿子无疑是不聪明的，而他最后的成功与母亲的智慧是分不开的。从幼儿园开始老师就一次又一次地告诉母亲，她的孩子比别的孩子智力低，甚至怀疑儿子智力上有障碍！但是母亲并没有因此而放弃孩子，相反地，她不断地给予孩子很高的评价和鼓励，帮助儿子在学业上取得了骄人的成绩！

高僧的开导

从前有个人在经商致富后，不以富有而自满，反而邀请博学多闻之士到家里做客，听听他们在各地旅游所遇到的奇闻趣事，或是读万卷书、行千里路后的智慧经验。这位商人相当礼遇这些客人，饮食起居皆无微不至，好客之名远播四方。

无论对待谁，他总是谦卑有礼、照顾有加。唯独对待他的母亲，却是粗俗无礼，动不动就恶言相向。每次当商人在众多宾客面前数落母亲时，大家都觉得母亲很可怜。也有人劝过商人，但他总是改不掉这个坏毛病。虽然遭到儿子如此无礼的待遇，母亲却无任何怨言，依旧勤快地四处招呼客人；儿子生气斥责时，她便默默无语地走开。

有一天，家里来了一位学者。这位学者说，在不远处山上的僧院里有一位精通佛法的高僧，前往请教的人络绎不绝。商人听了之后，马上启程准备去见这位高僧。在还没有抵达僧院之前，僧院里的和尚们就听说这位商人要来请教高僧，也已把他的事迹转述给了高僧。高僧闻听只是微笑以对。

这位商人来到高僧面前，请求开示。高僧语带禅（chán）机地回答："开悟之道便在自己家中，无须往外求。"商人请求再多做解释，高僧又说："你现在马上回家，见到一个衣服穿反、鞋子穿错的神情慌张的妇人，就会明白了。"商人急忙地赶回家，用力地敲门。母亲在睡梦中听到儿子的呼喊声，害怕儿子生气，急忙地跑出来开门，匆忙中将衣服穿反、鞋子穿错。商人一见到开门的母亲就像是高僧描述的模样，当下悔悟自己以前对待母亲的无礼粗俗，从此侍母至孝，传为当地佳话。

禅机是指佛教禅宗和尚谈禅说法时，用含有机要秘诀的言辞、动作或事物来暗示教义，使人得以触机领悟。

小 故事 大 道理

这些孩子宁可花很多时间来逢迎朋友的需要，照顾朋友的情绪，却不愿用点心思来听听父母的心声；这些孩子相当不愿意父母拿自己和别人做比较，但自己总是埋怨父母比不上同学的父母；这些孩子主动积极地记录同学的生日，却不知道父母的生日……和我们关系最亲密的人，往往被我们伤害得最深；对我们最用心的人，往往最先被我们忽略。

请把父母当成你最在乎的朋友，听一听他们的心声，不仅嘘寒问暖，适时伸出协助的双手，还要以谦和有礼的态度对待父母，别老是在不知不觉中伤害父母、漠视父母。

给母亲洗一次脚

在日本，一个刚从一流学府毕业的大学生参加一家大公司新进人员的招募应征。在经历几个回合的激烈竞试之后，终于到了最后一关——社长的亲自面试。

他忐忑（tǎn tè）不安地走进社长办公室，在社长面前的椅子上坐下。

社长看过他的履历后，凝视他的脸，出乎他意料地问道："你替父母洗过澡、擦过身吗？"

"从来没有过。"青年很老实地回答。

"那么，你替父母捶过背吗？"

他想了想后说："有过，那是在我读小学的时候，那次母亲还给了我十块钱。"

在诸如此类的交谈中，社长似乎已能看出年轻人未来的发展性并不大，只是安慰他别灰心，会有希望的。面谈结束前，社长突然对他说："明天这个时候，请你再来一次。不过，有一个条件，刚才你说从来没有替父母擦过身，明天来这里之前，希望你能为父母做一次，做得到吗？"年轻人一一答应了。

这个年轻人出生之后不久，父亲便过世了，全靠母亲一个人含辛茹苦地把他抚育成人。年轻人以极其优异的成绩考上东京的一流学府，他的母亲就靠着帮佣挣钱，供他在大学的一切学费开销。

那天，他回到家，母亲去帮佣还没回来。

"等母亲回来，要怎么替她洗呢？"他暗自忖度（cǔn duó）着，"母亲出门在外，脚一定很脏吧？待会儿她回来，便为她洗脚吧！"母亲回来后，见儿子预备好水盆要为她洗脚，觉得很奇怪，便说："脚，我还洗得动，我自己来吧！"年轻人便将自己为何想为母亲洗脚的原

委说了一遍，母亲了解后便依着儿子，坐在已准备好的椅子上，把脚放进儿子端来的水盆里。

当年轻人握着母亲的脚时，才猛然发现母亲的那双脚在岁月的侵蚀下，已似木棒那样僵硬。他情不自禁地握着母亲的脚，潸然泪下，深刻地感受到母亲为了他辛劳了一生。

第二天，他如约到那家公司，很伤感地对社长说："我能不能被录取，对我来说已经微不足道了。现在我明白母亲为了我受了很大的苦，是您使我明白了在学校里没有学到的道理，谢谢社长。如果不是您，我恐怕不会握到母亲的脚。我只有母亲一个亲人，我要好好照顾她，再也不能让她受苦了。"社长点了点头，说："你明天到公司来上班！"

知识加油站

"**社长**"一词在不同的国家有不同的含义。日本、韩国的公司一般称为"会社"，其首脑人物称为"社长"。我们经常在韩剧中听到某某社长，这个社长通常是指店长、经理一类的人。在我国，社长一般指出版社、报社、杂志社等新闻出版单位的负责人，如某某出版社社长。

小故事大道理

孝敬父母不仅是一份应尽的义务，而且也是衡量一个人品德的重要标准。一个人要理解社会、了解人生，入门的第一堂课便是要体会父母养育自己的辛劳，只有这样，才能真正地珍惜自己、热爱生活、勤奋工作。

第 二 章
感谢老师培育我们茁壮成长

　　花草经过花匠的栽培才能吐露芳香，树木经过园丁的修剪才能茁壮成长，人得到老师传授的智慧才能走上成功之路。老师就像一支蜡烛，燃烧了自己，照亮了别人。

　　老师，我感谢您！您就像桑树，默默奉献，如果没有桑树的品格，哪来的春蚕的精神；老师，我感谢您，您像火光温暖人心，细雨般轻柔的语言，渗入我们的心扉，滋润我们的心田……每一个学子，应该知恩感恩，感谢老师的辛勤培育。

老师的呵护

　　但丁5岁的时候，母亲不幸离开了人世。父亲忙于商业上的事情，很少有时间关心他的生活，就给他请了一位著名的学者拉丁尼当老师。

　　此后一段时间，但丁出现了一些反常的行为——他不喜欢和人在一起，只喜欢一个人孤零零地待着；他原来爱说爱笑，却逐渐变得少言寡语，不与别人玩耍。即使他父亲想从他身上得到些往昔的温情，也是难上加难。但丁面对父亲也从来不主动说话，父亲问一句他才简单答一句。

　　拉丁尼老师发现了这个问题，开始上课时，他还以为这个孩子不善于表达，当他提出问题时，但丁总是睁大眼睛看着老师，却一句话也不说。逐渐地，老师慢慢了解到他家里的情况，才明白但丁是由于母亲去世伤感而变成这样的。于是拉丁尼开始对他采取一种特殊的教学方式，他想让孩子感受到爱，让孩子说出自己的心里话。

　　有一天，拉丁尼轻轻地摸着但丁的头，并不多说话，只是慈祥地看着他。但丁等了一会儿，见老师不讲课也不说话，感觉有些奇怪，他抬起头望着老师，正好遇上老师和蔼可亲的目光，这目光和妈妈的目光一样慈祥，但丁的心里不由得一动，好像有股暖流涌入了身体。可他习惯了不开口说话，于是又默默地低下了头。

　　老师见他这样，温和地说道："今天不上课了，我们到草地里去捉蝴蝶好吗？"

　　但丁是多么希望到草地去捉蝴蝶啊，记得妈妈在世时就曾经为他捉到过一只大蝴蝶，当时自己高兴得跳了起来。想到这里，他看着拉丁尼，微微露出了笑容并点了点头。

　　这是拉丁尼第一次看到但丁的笑容，他好像看到了希望。他牵着但丁的小手，来到了草地上。看着各色各样的蝴蝶，但丁很高兴。他一会儿追这只，一会儿又去追那只，自由自在地在草地上与蝴蝶追逐着，好像一下子忘记了内心的忧愁，小脸颊上也露出了往日没有的红润。

但丁每捉到一只蝴蝶，总是要高兴地跑到老师身边，让老师看一看他的"收获"，然后又高兴地跑去再捉。老师在一旁欣慰地看着但丁，他深深感到"爱"对于一个孩子来说是多么重要！

但丁跑得太累了，也想和老师说说话了，他在老师身边静静地坐了下来。老师仍然微笑地看着他，问道："孩子，今天高兴吗？"

"高兴！高兴极了！"但丁毫不迟疑地回答。

"那么你平时怎么不爱说话呢？"

"妈妈不在了，没有人再爱我，爸爸根本就没有时间管我。"他说着又伤心地低下了头。

"可是你不说话，不是更难受吗？以后有什么不开心的事可以跟老师说一说，好吗？"

但丁点了点头。从那以后，他再也不像原先那样低头不语了，心里有什么话就说给老师听，性格也开朗了起来，学习进步很快。拉丁尼越来越喜欢聪明懂事的但丁，但丁也把老师当成自己的父亲，见到老师，心里就有一种非常温暖的感觉。

但丁从孤僻变得开朗活泼了，也变得自信了。他把更多的精力投入读书中，不到10岁，他就读遍了古罗马大作家维吉尔、奥维德和贺拉斯等名家的作品。18岁时，他已经成为一个知识非常渊博的人了。尽管在这一年，但丁的父亲又不幸离开了他，可是在但丁的心里，他早已种下一粒阳光明媚的种子，他不再感觉愁苦了。他知道在这个世上，除了父母的爱，还有更多人的爱。他不会被再一次失去亲人的悲伤击倒了，他选择了坚强地面对不幸，并用自己的爱点燃别人心中的火种。经过日复一日的努力，若干年后，但丁终于摘取了文艺复兴时期意大利最著名诗人的桂冠。

知识加油站

　　但丁（1265—1321），是意大利著名诗人。在西方文学史上，他是与荷马、莎士比亚齐名的伟大诗人。他出生在佛罗伦萨的一个贵族家庭，生活在充满动乱的中世纪末期，他的《神曲》代表了中世纪文学的最高成就，同时又表现出文艺复兴时期的思想特征。因而，他被革命导师恩格斯称为"中世纪的最后一位诗人，同时又是新时代的最初一位诗人"。

小 故事 大 道理

　　在人世间，爱是非常重要的情感。对一个孩子来说，父母的爱犹如孩子明媚的天空。除此，我们要明白，即使失去了父爱或母爱，世上还有其他的爱，它同样会给我们温暖，这种爱更需要我们去发现和珍惜。这个故事中，老师的关爱和呵护，像太阳般温暖，像春风般和煦，像清泉般甘甜，让但丁感受到了春天般的温暖，这对但丁的成长非常有益。

为老校长干杯

1903年，居里夫人发现了一种新的物质——镭，震惊了全世界，并因此获得了诺贝尔物理学奖。

1932年5月，居里夫人的祖国在华沙建立了镭研究所，居里夫人受邀出席落成典礼。

举办典礼的那天，许多知名人物都簇拥在居里夫人周围。就在典礼快要开始的时候，居里夫人看见了对面一位白发苍苍的老妇人，居里夫人激动地站了起来，走过去，伸出双手，紧紧地拥抱了这位老妇人，并在老妇人的手和双颊上吻了又吻，接着说道："我以为这是不可能的，可却是真的！我一直想念着您，斯克罗斯校长！"

这位老妇人就是居里夫人童年时的老师。居里夫人向人们深情地说："没有我的老师，我也不可能取得今天的成绩，是老师给了我打开知识大门的钥匙。"

斯克罗斯校长热泪盈眶，她紧紧握住居里夫人的手，不住地说："好样的，玛丽亚！好样的，玛丽亚！"在场的人都被她们的举动深深地感动了，很多人眼中都噙满了泪花。

侍者送来了酒，居里夫人端起一杯酒，递给斯克罗斯校长，转身对众人说："尊敬的主人，尊敬的来宾，我提议，为斯克罗斯校长干杯！是她教育我要用自己的大脑去思考，要真诚、勇敢地面对生活！"

在场的人都被这一幕感动了，会场上响起了经久不息的热烈掌声。

镭，是居里夫人发现的一种化学元素。1898年，玛丽·居里和皮埃尔·居里从沥青铀矿提取铀后的矿渣中分离出溴化镭，1910年又用电解氯化镭的方法制得了金属镭。

小故事 大道理

花草树木只有经过园丁的栽培，才能茁壮成长。学生只有经过老师的辛勤培育，才能成为社会有用之才。每一个学生都应该终生铭记老师的教育之恩。懂得尊重老师，上课要认真听讲；处处尊敬老师，见到老师应该礼貌地打招呼。

成功不忘恩师

1937年2月1日，是徐特立60岁生日。1月30日，在延安各界为徐特立举行60寿辰庆祝大会的前一天，正忙于制定抗日救国大计的毛泽东，怀着对师长的尊敬心情，写了一封感情真挚的信给徐特立，为他祝寿。这封信充分肯定了徐特立"革命第一、工作第一、他人第一"的高尚品德。并说："您是我二十年前的先生，您现在仍然是我的先生，您将来必定还是我的先生。"这句话成为中国几代人尊师敬师的至理名言。

中华人民共和国成立初期，毛主席尽管政务非常繁忙，仍忘不了他与徐特立之间的师生情谊。一次，毛主席特地派人来到徐特立的住地，邀请他到中南海家中吃饭。席上，还专备了几样家乡风味的菜肴招待老师，一碗湘笋、一盘青椒，这是两人都爱吃的。

毛泽东抱歉地说："徐老，请您来，没有好菜吃。"徐老笑着说："人意好，水也甜嘛！"主席要让老师坐上席，徐老说："您是全国人民的主席，应该坐上席。"

毛泽东马上说："您是主席的老师，一日为师，终身为父，您更应该上座。"硬是让徐老坐了上席。毛泽东见老师穿着还像当年那样简

朴，就将自己身上穿的一件呢子大衣脱下来送给老师，说是以此表达学生的一片心意。

徐特立接衣在手，激动不已。他的心潮起伏翻腾：毛泽东是人民的领袖，可又是个极富感情的人。他敬老尊贤，像今天这样无微不至地关怀自己已经不是第一次了。

那还是胡宗南大举出兵进攻陕北之际，毛泽东为了徐特立的安全，让他先撤离延安，他自己则率数万人马与 20 万敌军周旋。当徐特立离开延安时，毛泽东亲自去送行。当时，毛泽东检查徐特立的行李准备情况，发现没有热水瓶，立即命令工作人员从他仅有的两只热水瓶中拿来一只，送给了徐特立。徐特立想到这些，不禁老泪纵横。

徐特立（1877—1968）是中国无产阶级革命家和教育家，湖南善化（今长沙县江背镇）人。1912 年任长沙师范学校校长。1940 年创办延安自然科学院并任院长。曾任中央人民政府委员，全国人大常委会委员，中共第七、八届中央委员等职，是毛泽东和田汉等著名人士的老师。

小故事大道理

老师就像蜡烛默默地燃烧自己，为学生照亮了前进的道路；老师像滋润的大地，让每一个希望变成丰硕的果实；老师是文化知识的传播者，给了我们打开知识大门的钥匙。尊敬师长，不忘恩情，是很多成功者的优良品质。不管我们取得了多大的成就，都应该尊敬自己的老师。

感 恩 师 母

　　"少年时代在沈阳读书时，得到山东高盘之先生的栽培。可以说，没有高先生就没有我今天。"这是延安时期，周恩来在一次接见外宾并答记者问时说过的一段话。

　　高盘之先生是一位忧国忧民、追求进步的教师。1910年，高先生到沈阳东关模范学校任史地教师。周恩来恰于这年随伯父来到东北，成为该校的住校生。当时，高先生剪长辫、脱长袍，借讲课传播救国救民的真理，宣讲革命志士的爱国事迹，深受学生周恩来的敬仰；而高先生也十分器重与喜爱周恩来。师生二人经常在一起畅谈救国真理。

　　40年后，周恩来还深情地回忆："高老师在课堂上慷慨激昂地宣传革命思想，多次声泪俱下地讲述黄花岗七十二烈士的悲壮事迹。同学们听了大都义愤填膺、潸然泪下。从那时起，我就立志要为中华之崛起而读书。"

　　1913年，15岁的周恩来毕业前，高先生为他命名字翔宇，殷切期望少有大志的学生如鲲鹏展翅，翱翔宇宙。行前，少年周恩来也挥毫赠言："同心努力，万里前程指日登。"以后，周恩来一直珍藏着恩师的照片，一直珍爱着"翔宇"这个名字。

　　一日为师，终生难忘。1951年12月3日，周恩来已是新中国的政务院总理，工作繁忙。但他听说高先生的儿子高肇甫到了北京时，马上前去迎接，并详细地询问高老师去世时间，关切地询问师母身体情况。此后他多次邀请高肇甫一家到北京团聚。1961年，当他听说自然灾害后师母一家生活困难，便把自己节省下来的60斤粮票托人送到高家。一次，高先生的儿子回山东，总理拿出一个纸盒，说："里面是人参、咖啡和白糖，送给师母补养身体，是我的一点心意。"当儿子把总

理的礼物送到老母亲手中时，老人哽咽着说："这么大的官儿还记挂着从没见过面的我，我真是天下最幸福的人啊！"

1962 年，周总理给高家汇去 100 元钱，让给师母治病和买补品。1963年师母病故时，周总理亲自给高家写信并寄钱表示哀悼。

1911 年 4 月 27 日广州起义之后，同盟会会员潘达微冒着生命危险将当初能找到的战死和被俘后慷慨就义的 72 名革命党人（实有 100 多名革命党人壮烈牺牲）的尸骨葬于广州东北郊，并改红花岗为黄花岗。史称此役革命党人安息之地为"黄花岗七十二烈士墓"，通称最初安葬的革命党人为"黄花岗七十二烈士"。

小 故事 大道理

周恩来总理的行为给我们树立了崇高的榜样。懂得感恩的人，别人也会感恩他，尊敬别人的人，同样也会得到别人的尊敬。从来没有人会因为不尊敬老师而受到人们称颂的。相反，那些不管身在何处、官至何职，总能够不忘师恩、始终尊敬老师的人能够被人称赞，因为这是人最基本的礼仪之一，体现着一个人的素质高低。

成名感谢恩师

教育家、翻译家王维克先生是华罗庚数学天才的第一个发现者。华罗庚成名之后，不止一次地说过："我能取得一些成就，多亏了我老师的栽培！"

1947 年，华罗庚从国外回来，马上赶回故乡看望王维克老师。那年夏天，他在金坛做了一次学术报告。报告前，他特地把王维克先生请到主席台上。进会堂的时候，华罗庚一定要老师走在他前面。就座时，也只肯坐在王老师的下首。

中华人民共和国成立后，华罗庚被任命为中国科学院数学研究所所长。他几次亲自到王维克先生的北京寓所探望，并邀请他到科学院工作，后来，王先生由他推荐在商务印书馆担任了编审员，使这位教育家、翻译家能为新中国贡献力量。

1950 年，华罗庚收到王维克老师给他的信，马上就提笔复函，起首第一句就是："归后，见书函盈尺，但不能不先复吾师……"1952 年4 月 4 日，王维克不幸患胃癌病逝。华罗庚十悲痛，他一面给陈淑师母写信，深表哀悼；一面又重托他在金坛的子舅吴洪年代他到老师的灵前默哀。以后，他便一直像亲人似的热心照护陈淑师母及王维克的子女。

1980 年 5 月 21 日，华罗庚到江苏推广"优选法"与"统筹法"，又回到金坛故乡。当记者问及他此行金坛主要有哪些活动时，他直率而爽朗地笑着回答说："我这次回金坛，第一件事是看望陈淑师母。第二件事是去母校看看。"华罗庚一到县委招待所住下，就特地请人把陈淑师母接到所里。一见面就用地道的金坛话亲切地喊道："师母好！"此后，他又扶师母坐下，让记者摄下了那愉快的镜头。当陈淑师母把一本新版的王维克先生的重要译著但丁《神曲》签上自己的名字赠给

华罗庚教授时，他十分动情地说："谢谢！谢谢！这是王老师的心血啊！"

华罗庚的"**统筹法**"，是一种安排工作进程的数学方法。它的适用范围极其广泛，在企业管理和基本建设以及关系复杂的科研项目的组织与管理中，都可以应用。

小故事大道理

王维克曾辛勤地培育了华罗庚。华罗庚继承了老师识才、育才、荐才的精神，又为社会主义祖国培养了一批批数学新秀，使"人梯"精神得到了发扬光大！青少年朋友们有了今天的成绩，全是仰仗老师的悉心栽培。有了成绩，不能骄傲，不能忘记自己的老师。

老师选我在公开课上朗读

在一个人几十年生命记忆的长河中，总有一些生命的片断会不断地闪现。在当时也许只是一些看似微不足道的历程，而过后却往往如泥土下深埋的树根，一年年会长出新的枝叶，一直不断地延伸。几年前，在一家媒体组织的感恩老师的活动中，一位读者通过文字表达了对老师的感恩之情。

我是在读小学时插班到毛老师班上的。她非常亲切地接收了我，为我安排好座位和课本。那是一次大型的公开课，市教育局的领导和其他学校的老师都来听课。毛老师讲的是语文。就在前一天放学后，毛

老师让我一个人单独到她的办公室。她微笑着告诉我，明天就让我来朗读课文，并静静地听我朗读了一遍，又耐心而细致地帮我纠正了几个发音。

第二天，两盆绿意盎然的吊兰装饰于教室讲台的两旁。整个教室所有的角落都挤满了人。那是我第一次当着这么多人，在全班同学羡慕的眼光中站起来，大声朗读完课文。这对于当时年仅8岁的我来说，是一件特别荣耀的大事。

对于那次表现，我一直以来都以为毛老师选中我，是因为我朗诵出色的原因。可是直至去年，也就是经过了20余年后，在一次和妈妈的闲谈中，才知道毛老师是为了让我变得更大胆些而给了我那次机会，让我大胆地表现自己。

这就是一个老教师的苦心。可我却直到20多年后，才明白毛老师为她的每一位学生所付出的心血，才明白一位优秀的教师是如何因材施教，让每一位学生都能发展自己的个性的。在她看来，每一位学生，都是充满个性和灵性的花朵，她为学生自豪，期待着学生更绚丽的绽放。

知识加油站

公开课是指有组织、有计划、有目的的一种面向特定人群做正式的、公开的课程讲授的活动。每次活动，主题鲜明、任务明确，除了学生参加听课外，一般还有领导及其他老师参加，是老师展示教学水平、交流教学经验的有益的研究活动。

小故事大道理

没有阳光，就没有日子的温暖；没有雨露，就没有五谷的丰登；没有水源，就没有生命；一个人缺乏自信，就难以成才。故事中的老师为了培养学生的自信，让这名小学生在公开课上朗读课文。从细微之处，我们可以体会到老师对学生成长的关爱之情，真是令人感动。

没有老师就没有我今天的人生

几年前，空军少将、南京军区空军原后勤部部长励永庆感念 50 年前小学老师，14 年来年年寄两次贺卡、六次上门探访的动人故事在上海被传为美谈。这位将军说："我经常想，当年如果没有肖老师，我现在或许仍在宁波的乡下种田。"对他来说，半个世纪前发生的那件事还历历在目。

50 多年前，励永庆在宁波东胜路小学上学，虽然调皮捣蛋，但学习成绩优异，考试常常得满分。班主任肖凤仪是从四川来的，教语文，说话和风细雨，对每个学生都像自己的孩子那样爱护，励永庆和同学们都很喜欢她。

1956 年，励永庆小学毕业考中学，分数在区里名列前茅，没想到后来体检时居然被诊断出患有肺结核，不能上中学，这个消息一下子让他蒙了。励永庆的父母都是宁波郊区的农民，家境贫困，父亲听说儿子不能继续上学，就准备让他回家到田里干活。

尽管很不情愿，但励永庆还是做好了辍学的准备，因为家里没有钱可供他到高一级医院复查。这时，肖老师找到了他，说她也不相信这个结论，要带他去大医院重新体检。

在暑假里的一个炎热上午，肖老师带着励永庆走了将近 7 里地，到市区一家设施齐备的医院体检。挂号、胸透总共要一元一角钱，当时教师的月收入只有二三十元，肖老师却爽快地为他付了钱。检查结果证明了他和老师的怀疑，他身体健康，根本没病。这样才得以上了中学！

励永庆至今还清晰地记得肖老师焦急地等在透视科门口，拿到检查报告后，用带有家乡口音的宁波话激动地对他喊"没事了！没事了！放心吧！"但让励永庆感到内疚的是，他曾一度误会了善良的肖老师，

伤了她的心。

升入初中后，励永庆每天都能在上学路上和肖老师照面，老师每次都会热情地打招呼，并问问他学习、生活的情况。1957 年，肖凤仪被错划成右派，当时的环境下，右派就是"坏人"，要划清界限的。励永庆虽然不相信肖老师是坏人，但在大人的影响下不敢再与她打招呼。从那以后，年幼的励永庆再见到肖老师时，对方似乎也有所顾虑，总是一脸痛苦地把头低下，匆匆而过。之后便失去了联系。

肖老师伤心的表情和之前告诉励永庆体检结果时的表情形成强烈的对比，使励永庆的内心很痛苦。后来，他一直很想找机会对老师说声"谢谢"和"对不起"，但找了三十多年都没有肖老师的音讯。

1992 年 11 月的一天，励永庆终于打听到了肖老师的下落，时任空军上海政治学院院长的他专门请了两天假去宁波看望。在去肖老师家的路上，励永庆看到一位 70 多岁的老妇人打着伞伫立在马路旁。原来，细心的肖老师怕学生找不到门牌号，早早地出来迎接。那天下着雨，但他一眼就认出了肖老师，他恭敬地向她行了军礼。肖老师则握着励永庆的手不停地点头微笑。肖老师声泪俱下地讲述了自己如何渡过非常时期，却只字未提当年学生如何嘲笑她和冷待她的事实，更已经忘记了那次特殊的体检。

知识加油站

少将是军衔中的一个级别。少将一般为军长和副军长的编制军衔。少将军衔根据不同兵种分为陆军少将、海军少将、空军少将。

小 故事 大道理

虽说大恩不言谢，但是，感恩一定不要仅发于心而止于口，对你需要感谢的人，一定要把感恩之意说出来，把感恩之情表达出来。如果与老师发生误会，更应该通过沟通予以化解，向老师表示真诚的歉意和敬意。

我的成就归功于老师

　　美籍意大利物理学家费米，自幼聪慧。他 10 多岁就能独立理解高深的数学问题。中学时，他的学习就远远超出了学校规定的内容。1918年，费米考入比萨高等师范学院，完成了一篇高质量的论文而轰动了全校，并由此获得免费教育助学金。

　　费米生性好动，非常调皮，喜欢恶作剧，经常花很多时间玩耍。费米 18 岁那年，有一天，老师正在兴致勃勃地讲课，同学们听得也很认真，只有费米在和同学拉赛蒂交头接耳，还不时搞一些小动作。他们觉得书上的内容早已掌握，老师讲得也很乏味。他们在玩一枚自己设计和制作的臭气弹。

　　突然，"嘭"的一声，臭气弹爆炸了。顿时，教室里一片惊叫声，臭气充满了整个教室。课堂被搅乱了，老师愤然离开了教室。

　　这件事迅速传遍全校。许多老师纷纷向校长建议，将在课堂上搞恶作剧的费米开除。

　　这时，实验课老师普齐安及时站了出来为费米辩解。他大声说："费米搞臭气弹固然不对，但他是由于精力旺盛得不到知识上的满足，我们老师的责任是引导他，并给他以丰富的知识。"

　　普齐安深知费米的聪明，他说："这个小伙子将来肯定会成为一个了不起的人才！"由于普齐安的爱护，这才保住了费米的学籍。在此后的学习中，普齐安处处注意帮助和保护费米。

　　不久，普齐安了解到，费米所掌握的知识已经远远超过了自己，于是就请费米到家里来教自己理论物理学。费米见老师诚心相待，没有犹豫就答应了，并给老师开了一门关于爱因斯坦相对论的课程。

　　普齐安对费米的爱护和器重，成为费米深入学习的巨大推动力。

1922 年，费米以优异成绩获得比萨大学物理学博士学位。1938 年，37 岁的费米荣获诺贝尔物理学奖。他在芝加哥大学参加并主持了第一个原子反应堆的设计和试验。接着他又参加了"曼哈顿计划"的实施，促成了世界上第一颗原子弹的诞生。

后来，费米在回忆他与普齐安的师生情谊时说："我的成就应归功于老师，归功于那枚臭气弹。"

曼哈顿计划是美国陆军部于 1942 年 6 月起实施的利用核裂变反应来研制原子弹的一种方案。在方案执行过程中，负责人 L.R. 格罗夫斯和 R.奥本海默应用了系统工程的思路和方法，大大缩短了工程所耗时间。这一工程的成功促进了第二次世界大战后系统工程的发展。

小故事大道理

老师无怨无悔地传授给我们知识，并教会我们如何做人。他们把痛楚藏在心里，总是面带笑容地对待每一位学生，用饱满的精神上好每一堂课。在课后，他们写教案、批改作业经常到深夜……学生的成长离不开老师的栽培和教诲。每一个学子都应该知恩感恩。

程门立雪

我国古代，不光是朝廷有身份的达官显贵有尊师的传统，就连民间那些饱学之士甚至普通老百姓也都非常敬重老师。

北宋时期，福建有个叫杨时的进士，特别喜好钻研学问，到处寻师访友，曾拜师在洛阳著名学者程颢门下求学。程颢死前，将杨时推荐到其弟程颐门下，想让他去伊川书院学习程氏理学。

那时，杨时已经40多岁了，也有了相当高的学问，他仍尊师敬友，深得程颐的喜爱，被程颐视为得意门生，得其真传。

有一天，杨时同一起学习的游酢向程颐请教一个问题，不巧赶上老师正在屋中打盹儿。杨时便劝告游酢不要惊醒老师，于是两人静静地站在门口，等待老师醒来。

时值寒冬，天上忽然飘起了鹅毛大雪，越下越大，杨时和游酢二人仍站在外面的雪地里。游酢实在冻得难受，几次想叫醒程颐，都被杨时阻拦住了。

直到程颐一觉醒来，赫然发现门外的两个"雪人"，问清了原委，程颐深受感动。从此，更加尽职尽力把他的学问传授给杨时。

杨时没有辜负老师的期望，终于成为当时著名的学问家。他回到南方传播程氏理学，形成了独家学派。后来，人们用"程门立雪"这个典故，来赞扬那些尊师求学的学子。

程氏理学是宋代的一个哲学学派，其奠基人为程颢、程颐兄弟二人，合称"二程"。他们两人的政治立场和哲学观点基本上是一致的。因为他们长期在洛阳讲学，所以后人也称他们的学说为"洛学"。

小故事大道理

在古代，为师者犹如父母，不仅给学生传授知识，答疑解惑，还教他们如何做人，因而受到人们的敬仰。同样，今天的老师教书育人，像辛勤的园丁，理应受到我们的尊敬。

第 三 章
感谢恩人在我们危难之时伸出援手

　　古人云，滴水之恩须当涌泉相报。人活着不能总是享受被关爱，我们也不能只知道索取而忘却感恩。当我们身处逆境，有人献计献策；当我们面对灾难，有人伸出援手；当我们遇到疑难，有人热心相助……我们就要以一颗感恩的心对恩人表示感激，当自己条件允许的时候，要以实际行动回报恩人。

　　英国有一句谚语：感恩是美德中最微小的，忘恩负义是品行中最不好的。感恩是结草衔环，感恩是一种美德，也体现出一个人的精神境界。因为感恩，我们才真正懂得了生命的真谛；因为感恩，我们的世界将更加美好。只有懂得感恩的人，才能真正感受到幸福与快乐。

最棒的礼物

　　有一个非常热爱踢球的男孩，却因为家境贫寒，根本没有钱买足球。但小男孩并不放弃，找来塑料盒、汽水瓶、椰子壳，总之找一切能踢的东西每天练习。这天，小男孩又找到了一个汽水瓶，他就跑到巷口的空地开始练习。刚好一名足球教练经过，见这个小男孩竟然把汽水瓶踢得有模有样，就主动送给小男孩一个足球。

　　小男孩感激万分，从此以后踢得更卖力了。球也越踢越好，已经可以准确地把球踢到很远的随意摆放的水桶里。圣诞节到了，小男孩很想送给教练一件礼物表达自己感激的心意。

　　可是，他哪儿有钱买礼物呢？小男孩想啊想啊，后来终于想到了一个不花钱的礼物。小男孩从家拿了铲子，跑到了教练住的地方。在教练别墅前的花园里，开始认真地挖坑。小男孩使出了全身力气挖坑，就在快挖好的时候，教练走了出来，问男孩在干什么。男孩抬起满脸是汗的脸说："教练，圣诞快乐！我很想给您买礼物，可是没有钱。所以就想给您挖一个放圣诞树的树坑。"教练看着一脸真诚的小男孩，感动极了，说："谢谢！这是我今天得到的最棒的礼物！"

　　后来，教练破例把小男孩收入了他的球队，并用心教他。过了三年，小男孩在第六届世界杯足球赛上踢进了6个球，为巴西第一次捧回了金杯。他就是被称为"球王"的球星——贝利。

　　贝利1940年出生在巴西的一个贫寒家庭，是20世纪足球明星之一，被尊为"球王"。在其足球生涯中共攻进1283个球，4次代表国家队出战世界杯，3次捧得世界杯。1987年6月，他被授予国际足联金质勋章，1999年被国际奥运委员会选举为"世纪运动员"。

小 故事 大 道理

　　小贝利想向教练表达感激的心意，但没有买礼物的钱。一个树坑，虽说不值钱，却是这个小男孩的一片真心，所以让教练感动不已。也许我们受到过别人的帮助，也许收到过别人赠的礼物……这些都是无法用金钱衡量的，我们要真诚地表示感谢，并适当地回报。

40元钱的故事

　　2006年1月9日上午，阿拉善人民广播电台"九点热线"栏目像往常一样播出节目。这时导播意外地接到了一个从江西南昌打来的电话，一个叫张建军的男子急切地说，18年前，他在北京出差时，不幸将所带的钱物丢失，就在他焦急万分、万般无奈之际，一个叫张菊花的阿拉善姑娘给了他40元钱，才使他顺利返回家。

　　张建军说，18年来，他心中一直充满了感激，一直没有忘记当年帮助过他的这位善良的阿拉善姑娘。他恳请阿拉善人民广播电台帮他寻找她，他要当面对她说声"谢谢"。导播被这个故事和张建军的感恩之心深深地打动了，他答应张建军，一定要帮他找到张菊花。

　　经过一番查找，导播终于在一家干洗店里，见到了要找的张菊花。一番交谈之后，张菊花道出了18年前发生的那件小事。

　　1988年9月，22岁的张菊花只身一人来到北京，这是她第一次上北京，是为了给姐姐买干洗机上的零件。买好零件后，她想到颐和园去看一看。9月的颐和园，秋高气爽、花木烂漫、风光美不胜收，就在她陶醉在颐和园的美景中时，一个神情焦急的小伙子和她搭上了话，小伙子告诉她，他从河北邯郸到北京出差，不小心把钱物弄丢了，这里

既没有亲戚又没有熟人，现在一点办法也没有。

看着这个眉清目秀、白白净净，和自己弟弟年龄差不多的小伙子，张菊花动了恻隐之心，她想到了上午的一件事，由于她不会讲普通话，一直找不到干洗机维修店，后来在一位好心的包头大姐的帮助下，她才顺利地买到了零件。她想，既然别人能帮自己，自己为什么不能帮别人。于是她决定要帮这个小伙子一把，就从外套中掏出仅有的40元钱，递给小伙子问，够回家吗？小伙子接过钱感激地连连说"够了，够了"。

大概因为没钱，好久没吃饭了，小伙子接过钱后，第一件事就是请张菊花到旁边的清真小饭馆吃饭，她谢绝了，在小伙子的再三请求下，他们在路边喝了一碗盖碗茶。小伙子让张菊花把地址给他留下，他回去之后，好把钱寄来。但张菊花只告诉她自己的名字，家在内蒙古阿拉善。从北京回来之后，张菊花没有向任何人提起这件事。

张建军听到找到张菊花的消息后，异常惊喜。当他得知张菊花现在生活得很好，家庭非常幸福时，感慨地说，好人总有好报。他与张菊花连线时说："18年来，我一直没有忘记你对我的帮助，我能帮你做点什么，我怎么感谢你，你尽管说。"张菊花说："谢谢，我现在生活得很好，你已经感谢我了，你还记得我就是对我最大的感谢。"

电话中他们说了十几分钟。张建军告诉张菊花，他现在自己开了一家公司，生意还不错。他邀请张菊花一家到江西南昌去做客。

阿拉善系蒙古语，意为五彩斑斓之地。阿拉善盟是内蒙古自治区的一个行政区域，位于自治区的最西部，总面积27万平方千米，总人口约22万人，有蒙古族、汉族、回族、藏族等28个民族，是内蒙古自治区面积最大、人口最少的盟市。盟府所在地巴彦浩特镇，为全盟政治、经济、文化中心。

小 故事 大 道理

　　岁月逝去了，逝不去一颗感恩的心。这个故事给人们留下了不尽的启示与思索。张菊花和张建军都是普通的人，一个帮助别人不图回报，一个受人相助念念不忘感恩。两个人的故事，折射出的不仅仅只是人间真情，更反映出了中华民族助人为乐和讲求诚信的美德。

救人不留名

　　2008 年 6 月 20 日下午，天很闷热，跟父母租住在河南省荥阳城关乡五龙寨村的陈毫、陈俊果小哥俩来到索河边。虽然岸上立着"水深危险"的警示牌，但他们仍拿着竹竿系个鱼钩钓鱼玩耍。13 岁的陈毫坐在台阶上，10 岁的陈俊果坐在硬化过的河坡上，两人相距四五米远。

　　下午 5 点左右，陈俊果在水边一脚踩到青苔（tái）上，滑进了河里，越挣扎越往深处滑，他忙喊救命。陈毫跑到他面前时，陈俊果正往下沉，水已没过他的鼻子。陈毫把竹竿伸到陈俊果面前，陈俊果抓住一用力，反而把陈毫拉进了水里，两人在河里大声呼救。

　　这时，荥阳京城街道办事处康砦（zhài）村的张新明正在附近散步，听到呼救声忙跑到岸边。此时，兄弟俩离岸边已有五六米远，水深至少 2 米，他脱掉鞋子就跳入河里。

　　张新明从小就爱好游泳，也学过救人常识。他游到陈毫后面，左手从陈毫腋窝伸到前面，将陈毫抱住。而这一刻，陈俊果又沉到水下去了，张新明没有向岸边游去，而是踩着水等陈俊果出来，好把他们兄弟俩都救上来。片刻后，陈俊果露出水面，恰与陈毫面对面，两人仅

距半米左右。陈毫一把紧紧抓住陈俊果的手,张新明抱着陈毫游向岸边。

兄弟俩得救了。

他们全身都湿透了,张新明的手机进水也坏了。张新明要回家换衣服,陈毫跑过去一把抓住他,问:"叔叔,你叫什么名字?"

张新明对陈毫说:"以后别人遇到难事,你只要伸伸手就行了。行不行?"

"行。"陈毫很爽快地回答说。

"行就好,那你就走吧,别问我叫什么名字了。"张新明说。

过了一个多月,陈毫的家长才知孩子遇险被救一事,于是带着两个儿子去康砦村感谢张新明,并要留下600元钱让张新明买个新手机,张新明却一再拒绝了。

知识加油站

青苔是水生苔藓植物,色翠绿,生长在水中或陆地阴湿处,表面湿滑,人踩在上面容易滑倒。

小故事大道理

这个故事中,张新明因为救落水少年,手机坏了,而且事后不留名,他用自己的行为教育落水的少年:在别人最需要帮助的时候,要伸出手拉别人一把,要给予别人帮助。让我们感受到人间处处有真爱。

阳光女孩的敬老故事

几年前，在河南师范大学的校园里，每到周末，就会看到一个 20 出头的清秀女生带着生活用品，来到市学院路北段的一个养老院里，照顾一位84岁的老人。这个女生就是2004年从驻马店市上蔡县第一高级中学考入河南师范大学物理与信息工程学系的吴叶。她像往常一样来到这里看望爷爷，听爷爷讲自己的战斗故事，天伦之乐溢满了冬日的房间。望着视若亲生的孙女，吴改名老人激动不已。其实，这爷孙俩并没有血缘关系。

吴叶出生于河南省驻马店上蔡县黄埠村，一生下来就被父母遗弃，好心的吴改名老人将她收养。从小到大，吴叶只知道自己最亲的人就是收养自己的爷爷和奶奶。爷爷吴改名是一位革命老战士，在16岁时穿上了军装参加了八路军，参加了许多战役，身上留下了7个弹痕。抗战胜利后，吴改名回到家乡，与村里的一名善良女子结婚，虽然婚后夫妻俩一直无儿无女，但日子过得平凡而幸福。可是天有不测风云，一场洪水使家里变成了一片废墟，老两口只能以捡破烂维持生计。

1984年的冬天，村里有人给他们抱来了一个没人愿意领养的女婴，尽管日子过得很艰难，心地善良的老两口还是收养了这个孩子，并给她取了名字叫吴叶。他们用爱心养育着这个可怜的孩子。

然而生活并不是一帆风顺的，在吴叶上小学三年级的时候，奶奶生病卧床不起，家里所有积蓄已经用完，连吃饭都成了问题。看到这些，懂事的吴叶含着泪退学了，但她舍不得离开校园，还想着回学校读书。

为了多挣点钱，吴叶和爷爷靠收破烂、捡破烂，无论春夏秋冬，他们每天凌晨3点左右就起床，拉着满满的一车啤酒瓶赶往县城。爷爷在前面拉，吴叶在后面推，一老一少走十几公里路卖完酒瓶后再走回去。

吴叶看到邻居家的孩子上学，偷偷地哭了很多次，但是孝顺的她从来没有和爷爷说过，就这样过了一年。后来，吴叶的老师听说学校里开始实行"希望工程"，就把吴叶的名字第一个报了上去，吴叶这才又回到了学校。

10 岁那年，吴叶的奶奶去世了，这突如其来的打击使爷爷卧床不起。他痛苦地对吴叶说："叶儿啊，你奶奶这一走就带走了我半条命，要没有你我也去了，我剩下的这半条命就是牵挂着你啊！你要快快长大啊！"

听完爷爷的话，10 岁的吴叶仿佛一下子长大了许多。小吴叶在乡亲们的帮助下安葬了奶奶，突如其来的打击也使她的成绩一落千丈。幼小的禾苗就这样枯萎了吗？当时她的班主任老师看在眼里急在心上，一连几天的家访，给了她莫大的鼓励，使吴叶重新燃起了希望，立誓要成为一个对国家、对社会有用的人。两年后，吴叶以优异的成绩考上了初中。

在初中期间，课余时，细心的吴叶每天捡一些可以卖钱的东西，积少成多，补贴家用。每次回家她都用节省下来的钱给爷爷买点好吃的，村里人都羡慕吴爷爷有一个这么孝顺的孙女。自从奶奶去世后，吴叶就没有再添过新衣服，她穿的衣服都是旧的或是好心人和同学送的衣服。每次接受好心人的帮助，吴叶总是激动得不知该说什么好，她把对好心人的感激化成了努力学习的动力。她在心里立下了志向：一定好好学习，报答所有帮助她的好心人。

高中阶段对吴叶来说是一个幸福的阶段。学校考虑到吴叶的家庭情况，就为她免除了学费和书费，还有好心人资助她 3 000 元钱作为三年的生活费。吴叶很感激，她很珍惜这来之不易的点点滴滴。也就是在高中阶段，吴叶懂得了感恩，懂得了如何感恩。在高中三年的生活中，吴叶刻苦学习，没有辜负老师对她的期望，顺利地跨入了大学的殿堂。

知识加油站

"希望工程"是团中央、中国青少年发展基金会以救助贫困地区失学少年儿童为目的，于1989年发起的一项公益事业。其宗旨是资助贫困地区失学儿童重返校园，建设希望小学，改善农村办学条件。援建希望小学与资助贫困学生是希望工程实施的两大主要公益项目。

小故事大道理

"谁言寸草心，报得三春晖。"吴叶的成长之路，其实是人们用爱心铺就的一条温馨之路。从小学到高中，吴叶都是靠着好心人的资助和学校减免学费上完的。随着爷爷的年龄越来越大，吴叶勇敢地挑起照顾爷爷的担子。她懂得感恩，懂得回报，用行动告诉世人，并非只有血亲之间才有至情至爱。

感谢好心人

40出头的吴国泉是广东省河源市龙川县回龙镇人，1993年到东莞后一直在伟易达公司工作。2009年6月，吴国泉14岁的儿子吴江被查出患重型再生障碍性贫血，让这个贫穷但是充满欢乐的家庭顿时陷入了困境。

为了救儿子，吴国泉将自己打工17年攒下的几万元钱用光后，还向亲戚朋友借债数万元，但是因为儿子的病情十分严重，还没等孩子的病治好，钱已经花光了。

然而，病魔并没有就此放过吴国泉一家。因为儿子治疗的事情而日夜奔波操劳，吴国泉不幸病倒了，他去医院一检查，竟然是直肠癌的

中晚期，癌细胞已经在他的肝、肺部扩散。

吴国泉一家的遭遇引来社会各界人士倾注爱心。吴国泉所在的公司募集到 11 万元救治款，当地民政部门、慈善机构先后为这个不幸的家庭捐出 7000 元、10000 元不等的善款。吴国泉工作的东莞市慈善会接受吴国泉的救助申请，使他有望获得救命钱。

在感恩节到来的这个日子里，吴国泉回忆起一年多来经历的磨难，他明白，如果不是得到广大好心人和政府机构的帮助，简直不可想象。当记者采访时，他激动地说："感谢好心人，你们的善行义举就是冬天里最灿烂的一缕阳光，温暖着我们一家的心怀，鼓励孩子与疾病做斗争。"

市慈善会是中华慈善总会的会员单位。中华慈善总会是一个成立于 1994 年的慈善机构，是在民政部备案注册，由热心慈善事业的公民、法人及其他社会组织志愿参加的全国性非营利公益社会团体。

小 故事 大 道理

国外曾有这样的传说，一家人围坐在餐桌前吃饭，母亲端上来了一盆稻草。孩子们不知道这是怎么回事，母亲说："我给你们做了十几年饭，你们从来没有说过一句感谢的话，称赞饭菜好吃，这和吃稻草有什么区别！"世上最不求回报的母亲都渴望听到哪怕一点感谢的话语，那么我们对待别人给予的帮助和恩情，就更需要把感恩的话说出来。那不仅是为了表示感谢，更是一种内心的交流。在这样的交流中，我们会感到世界因这样的息息相通而变得格外美好。

手 术 费

多年前，一个生活贫困的男孩为了积攒学费，挨家挨户地推销商品。他的推销并不顺利，傍晚时，他疲惫万分，饥饿难耐，绝望地想放弃一切。

走投无路的他敲开一扇门，希望主人能给他一杯水。

开门的是一位美丽的年轻女子，她笑着递给了他一杯浓浓的热牛奶。

男孩和着眼泪把它喝了下去，从此对人生重新鼓起了勇气。许多年后，这个男孩成了一位著名的外科医生。

一天，一位病情严重的妇女被转到了那位著名的外科医生所在的医院。医生顺利地为妇女做完手术，救了她的命。

无意中，医生发现那位妇女正是多年前在他饥寒交迫时给过他那杯热牛奶的年轻女子！于是他决定悄悄地为她做点什么。

这时，那位妇女一直在为昂贵的手术费发愁，当她硬着头皮办理出院手续时，却在手术费用单上看到这样七个字——"手术费：一杯牛奶"。

小故事大道理

一个人在学习上、生活上和工作中，不可能一帆风顺，遇到困难和挫折的时候，多么渴望有人给予帮助。当他（她）获得了别人的帮助，往往就会怀着感恩的心，乐于帮助那些需要帮助的人。这样我们的社会就会充满温暖。

外科医生主要是诊断外科疾病，为患者提供手术治疗的医务工作者。

一 枚 银 币

在一个闹饥荒的城市，一个家庭殷实而且心地善良的面包师把城里最穷的几十个孩子聚集到一块，然后拿出一个盛有面包的篮子，对他们说："这个篮子里的面包你们一人一个。在上帝带来好光景以前，你们每天都可以来拿一个面包。"瞬间，这些饥饿的孩子仿佛一窝蜂一样拥了上来，他们围着篮子推来挤去，大声叫嚷着，谁都想拿到最大的面包。当他们每人都拿到了面包后，竟然没有一个人向这位好心的面包师说声谢谢，就都走了。

但有一个叫依娃的小女孩却例外，她既没有同大家一起吵闹，也没有与其他人争抢。她只是谦让地站在一步以外，等别的孩子都拿到以后，才把剩在篮子里最小的一个面包拿起来。她并没有急于离去，她向面包师表示了感谢，并亲吻了面包师的手之后才向家走去。

第二天，面包师又把盛面包的篮子放到了孩子们的面前，其他孩子依旧如昨日一样疯抢着，羞怯、可怜的依娃只得到一个比头一天还小一半的面包。当她回家以后，妈妈切开面包，一枚崭新、发亮的银币掉了出来。

妈妈惊奇地叫道："立即把钱送回去，一定是揉面的时候不小心揉进去的。赶快去，依娃，赶快去！"

当依娃把妈妈的话告诉面包师的时候，面包师面露慈爱地说："不，我的孩子，这没有错。是我把银币放进小面包里的，我要奖励你。愿你永远保持现在这样一颗感恩的心。回家去吧，告诉你妈妈这些钱是你的了。"她激动地跑回了家，告诉了妈妈这个令人兴奋的消息，这是她的感恩之心得到的回报。

知识加油站

面包师通常是指西点行业里面专业制作蛋糕这类食品的人员。我国改革开放以后，随着西点在国内逐渐普及，面包师现在已经遍及食品厂、蛋糕店、酒店、大型超市等场所。

小故事大道理

因为拥有一颗感恩、平安的心，依娃虽然没有得到大的面包，但得到了更大的奖励。当别的孩子疯狂抢夺大的面包时，依娃只是谦让地站在一步以外，等别人都拿到以后，才拿起最后剩下的最小的面包；当别的孩子拿到面包后就走的时候，依娃却不忘向面包师表示感谢。她的感恩之心最后得到了回报。

马 戏 票

镇上来了一个马戏团，孩子们都很兴奋，嚷嚷着要去看马戏表演。

杰克是5个孩子的父亲，也是家庭的顶梁柱，全家人的生活就靠他给人送货勉强维持。

孩子们看到其他小伙伴都去看马戏表演了，催着父母带着他们排队买票看马戏。

杰克看着孩子们看马戏的兴趣很大，就安排好自己的伙计，带着全家人看马戏。母亲玛丽给孩子们换了干净的衣服，他们高高兴兴地来到马戏团售票处。排队的时候，孩子们两个两个成一排，手牵手跟在父母的身后。他们兴奋地叽叽喳喳谈论着小丑、大象、黑熊等。今晚必是这些孩子们生活中最快乐的时刻了。

孩子们的父母神气地站在一排人的最前端，母亲挽着父亲的手，看着她的丈夫，好像在说："你真像个佩着光荣勋章的骑士。"沐浴在骄傲中的他也微笑着，凝视着他的妻子，好像在回答："没错，我就是你说的那个样子。"

卖票的小姐问这位父亲要买几张票，他神气地回答："请给我5张小孩、两张大人的，我带全家看马戏。"

"120美元。"售票员开出了价钱。听到这个钱数，玛丽吃了一惊，随即把脸垂得低低的。杰克的嘴唇颤抖了，他倾身向前提高声音问："小姐，你刚刚说是多少钱？"

"120"，售票员又报了一次价钱。显然，杰克以为最多不过20美元，他带的钱不够，但他怎能转身告诉兴致勃勃的孩子们，他没有足够的钱带他们看马戏！

排在杰克一家人后面的一位戴着眼镜的先生目睹了这一切，他悄悄地把手伸进口袋,把一张100美元的钞票拉出来,让它"掉"在地上。接着,他又蹲下来,捡起钞票,拍拍杰克的肩膀说:"对不起,先生,这是您口袋里掉出来的!"

杰克接过这100美元,明白了这位"眼镜先生"的良苦用心。他并没有乞求任何人伸出援手,但深深地感激"眼镜先生"在自己困窘的时刻帮了他这个忙。杰克直视着"眼镜先生"的眼睛,用双手握住他的手,把那张100元的钞票紧紧压在中间,他的嘴唇发抖着,泪水忽然滑落他的脸颊,低声道:"谢谢,谢谢您,先生,这对我和我的家庭意义重大……"

知识加油站

"马戏"原指人骑在马上所做的表演,现为各种驯兽、驯禽表演的统称,是以驯马、马上技艺、大中型动物戏、高空节目为主,包括部分杂技、魔术和滑稽等的综合演出,多在大型场地(马戏院、棚、体育馆或广场)的马圈中表演。

小故事大道理

在这个故事中,杰克在给孩子买票前发现他没带足钱,"眼镜先生"看到杰克陷入尴尬处境,于是巧妙地帮了杰克,而没有损伤他的自尊。这一点非常值得肯定和借鉴。我们帮助他人,一定不能过分张扬,以免有损受帮助者的自尊。

大作家报恩

人都有败走麦城的时候，大师也难例外。马尔克斯年轻时供职于波哥大《观察家报》，1955 年，他因揭露海军走私而引火烧身，以至于不得不狼狈逃窜，亡命巴黎。

海明威说，巴黎是天堂。但在马尔克斯看来，它却是座熬人的炼狱。他穷困落魄，举目无亲。多年以后，他是这样回忆的：没有工作，一人不识，一文不名，更糟的是不懂法语，所以只好待在弗兰德旅馆的一个不是房间的房间里干着急。肚子饿得实在捱不过去了，就出去捡一些空酒瓶或旧报纸，以换取少量面包。这样的生活他过了整整两年。他在痛苦的期待和期待的痛苦中奇迹般地活了下来。过后他才知道，许多拉丁美洲流亡者都有过类似的乞丐经历。他和他们不谋而合，都发现了这么一个秘密：骨头可以熬汤！买一块牛排搭一大块骨头；牛排吃了，骨头不知要熬多少锅汤。即便如此，他诅咒过那些肉铺。在他看来，所有开肉铺、开面包店或旅馆的，都是可恶的小人。

由于马尔克斯实在穷得可怕，仿佛下辈子也还不清长期拖欠的房租了，弗兰德旅馆的老板拉克鲁瓦夫妇也许是自认倒霉，不但不催不逼，最后似乎还不得不由他徒托空言、一走了之。后来，马尔克斯时来运转，竟无可阻挡地发达起来。1967 年，《百年孤独》的出版更使他名满天下。

一天，春风得意、身处巴黎某五星级饭店的马尔克斯忽然想起了拉克鲁瓦夫妇。于是他悄悄来到拉丁区，寻找弗兰德旅馆。旅馆依然如故，只是物是人非，他再也见不到拉克鲁瓦先生了。好在老板娘尚健在，她一脸茫然，根本无法将眼前这位西装革履、彬彬有礼的绅士同 10 多年前的流浪汉联系在一起。为了让她相信眼前的和过去的事实并收下"欠款",马尔克斯煞费了一番苦心。

再后来,马尔克斯获得了诺贝尔文学奖。拉克鲁瓦太太得知这一消息后惊喜万分。她在《世界报》刊登一则寻人启事,诚挚地表示要把那一笔钱归还给他,也算是他们夫妇对世界文学的一点贡献。马尔克斯为此又专程前往巴黎看望老人家,而且陪同他前去的是拉克鲁瓦夫妇年轻时的偶像——嘉宝。马尔克斯诚恳地告诉拉克鲁瓦太太,她的贡献在于她的善良,她没让一个可怜的文学青年流落街头。他还说,她和拉克鲁瓦先生使他相信:巴黎还有好人,世界还有好人。

知识加油站

《百年孤独》是加西亚·马尔克斯的代表作,也是拉丁美洲魔幻现实主义文学作品的代表作。全书近30万字,内容丰富,人物众多,情节曲折离奇,再加上神话故事、宗教典故、民间传说等,令人眼花缭乱。作家是要通过布恩地亚家族7代人充满神秘色彩的坎坷经历来反映哥伦比亚乃至拉丁美洲的历史演变和社会现实,以及造成马贡多百年孤独的原因,从而去寻找摆脱命运捉弄的正确途径。1982年,因为《百年孤独》,马尔克斯走向了诺贝尔文学奖的领奖台,这也奠定了他成为拉美小说界"掌门人"的地位。

小故事大道理

在人生旅途中,总是会碰到好心人向我们伸出援手,有大有小,有些甚至是关乎性命的大恩德。"知恩图报"是每个受恩的人该有的基本人格修养。很多时候,我们无法回头施恩给那些善心人,但可以把这种"恩"传下去。也就是说,我们可以当"施恩者",对他人施恩,伸出援手,帮助身边更多需要帮助的人。

爱 的 轮 椅

　　这是一个发生在圣诞节的故事。美国一个公益机构发布消息将满足一些小朋友渴望得到圣诞礼物的愿望。于是，美国各州的许多小朋友都给圣诞老人寄去了明信片，向圣诞老人索要礼物。当邮局工作人员黛妮在阅读这些明信片时，发现一个名叫苏珊的女孩没有为她自己向圣诞老人要礼物。

　　苏珊在明信片上写道："亲爱的圣诞老人，我想要的唯一礼物就是给我的妈妈一辆电动轮椅。她不能走路，两手也没有力气，不能再使用那辆两年前慈善机构赠与的手摇车了。我是多么希望她能到室外看我做游戏呀！你能满足我的愿望吗？爱你的苏珊。"

　　黛妮读完信，禁不住落下泪来。她立即决定为居住在巴宁市的苏珊和她的母亲维多利亚·柯莱尽自己的一

些绵薄之力。于是，黛妮拿起了电话。接着奇迹般的故事就发生了。

首先，黛妮打电话给雷得伦斯市一家名为"行动自如"的轮椅商店。听了黛妮叙说的情况，商店经理袭迪·米伦达与位于纽约州布法罗市的轮椅制造厂——福拉斯公司取得了联系。这家公司当即决定给苏珊的妈妈赠送一辆电动轮椅，并且在圣诞节运送到她家，而且还要在车身上放一个作为圣诞礼物的红蝴蝶结。显然，他们是圣诞老人的支持者。

圣诞节的前一日，这辆价值300美元的轮椅送到了苏珊和她妈妈居住的一座公寓门前，在场的还有10多位记者和前来祝福的人们。

看到许多人真诚地关心她们母女俩，苏珊的妈妈哭了。她激动地说道："这是我度过的最美好的圣诞节。今后，我不会再终日困居在家中了。"苏珊的妈妈是在一次车祸中致残的。由于她的脊椎骨骨节破裂，她必须依靠别人扶着坐上这辆崭新的轮椅，在附近的停车场上进行试车，整个试车过程也很顺利。看到妈妈开心地试车的样子，苏珊的脸上露出了灿烂的笑容。

赠送轮椅的福拉斯公司的代表奈克·得斯夸赞苏珊说："你是一个一心想到妈妈而不是自己的好女孩。你的高尚行为使我们感到，应该为她做一些事。有时，金钱并不意味着一切。"

当天，邮局工作人员也赠送给这对母女一些过节的食品，以及给苏珊的显微镜、电子游戏机等礼物。随后，苏珊把其中一些食品包起来送给楼下的邻居。她解释说："把东西赠给那些需要的人们，会使我们感到快乐。妈妈说过：应该时时如此，也许天使就是这样来考验人们的。"

知识加油站

　　社会公益组织是一种非营利的、实行自主管理的民间志愿性的社会中介组织，其主要活动是致力于社会公益事业和解决各种社会性问题。公益组织起源于慈善机构，它们不把追求利润当作组织目标，而是以社会公益事业为主要的追求。

小故事大道理

　　爱是人类最美丽的语言。处处关爱别人，优先考虑别人的利益和需要是一种高尚的行为。当然，爱也包括爱自己的亲人和朋友。苏珊关爱自己的妈妈，索要圣诞礼物的时候没有想到自己，只想送给不能走路的妈妈一辆轮椅。她也关爱邻居，懂得把东西赠送给那些需要的人们。

伍子胥退兵报恩

春秋时候，伍子胥（xū）担任吴国的大将军，带领吴国的军队去攻打郑国。郑国的国君郑定公说："谁能够让伍子胥把军队带回去，不来攻打我们，我一定重重地奖赏他。"可惜没有一个人想到好办法。

到了第四天早上，有个年轻的打鱼郎跑来找郑定公说："我有办法让伍子胥不来攻打郑国。"郑定公一听，马上问打鱼郎："你需要多少士兵和车子？"

打鱼郎摇摇头说："我不用士兵和车子，也不用带食物，我只要用我这根划船的桨，就可以叫那几万吴国士兵返回去。"

打鱼郎把船桨夹在胳肢窝下面，跑去吴国的兵营找伍子胥。他一边唱着歌，一边敲打着船桨："芦中人，芦中人；渡过江，谁的恩？宝剑上，七星文；还给你，带在身。你今天，得意了，可记得，渔丈人？"

伍子胥看到打鱼郎手上的船桨，马上问他："年轻人，你是谁呀？"

打鱼郎回答说："你没看到我手里拿的船桨吗？我爸爸就是靠这根船桨过日子，他还用这根船桨救了你的命呀。"

伍子胥一听："我想起来了，以前我逃难的时候，有一个打鱼的先生救过我，我一直想报答他呢。原来你是他的儿子，你怎么会来这里呢？"

打鱼郎说："还不是因为你们吴国要来攻打我们郑国，我们这些打鱼的人通通被叫来这里。我们的国君说：'只要谁能请伍将军退兵，不来攻打郑国，我就重赏谁。'希望伍将军看在我死去的爸爸曾经救过您的份上，不要来攻打郑国，也好让我回去能得到一些奖赏。"

伍子胥带着感激的语气说："因为你爸爸救了我，我才能活着当上大将军。我怎么会忘记他的恩惠呢？我一定会帮你这个忙的。"说完就把吴国的士兵带回去了。

打鱼郎高兴地把这个好消息告诉郑定公。一下子，郑国的人都把打鱼郎当成了大救星，郑定公还送给了他一块土地作为奖赏。

伍子胥是春秋末期吴国重臣、军事家。公元前506年，伍子胥带兵攻入楚都，掘楚平王墓，鞭尸三百，以报父兄之仇。吴国倚重伍子胥等人之谋，遂成为诸侯一霸。公元前483年，吴国国王夫差派伍子胥出使齐国。太宰喜说伍子胥阴谋倚托齐国反吴。夫差听信谗言，令伍子胥自杀。

小 故事 大 道理

做人一定要知恩图报，当年伍子胥如果不是得到打鱼郎的父亲帮助，恐怕早已命丧黄泉了。伍子胥是个知恩图报的人，在恩人的儿子来请求退兵的时候，伍子胥答应了他的要求。郑国因此而得救了。

第 四 章

感谢朋友无时无刻给予的支持和鼓励

有一把伞撑了很久，雨停了还不肯收；有一束花闻了许久，枯萎了还不肯丢；有一种友情希望能到永久，即使青丝变白发也能在心底深深藏留。

高尔基说："真正的朋友，在你获得成功的时候，为你高兴，而不捧场。在你遇到不幸或悲伤的时候，会给你及时的支持和鼓励。在你有缺点可能犯错误的时候，会给你正确的批评和帮助。"每个人都会有这样真正的朋友，想想你的朋友，他们是不是总是在你最需要的时候，给你帮助；是不是总是在你感到寒冷的时候，给你温暖；又是不是总是在你感到绝望的时候，让你重新燃起生命的希冀……有这些可爱的朋友的陪伴，我们怎样都不会孤单。

毕加索和理发师

西班牙著名画家毕加索逝世后，有的书里说他专横、爱财、自私，甚至把他描写成"魔鬼""虐待狂"。然而，巴黎毕加索博物馆展出了理发师厄热尼奥·阿里亚斯的一些私人资料，呈现给观众的却是另外一个毕加索。这位 95 岁的老人与毕加索的友谊持续了 30 年，他至今珍藏着对这位大师的美好回忆。

1945 年的一天，一辆白色的小轿车突然在法国南部城市瓦洛里的一家理发店门口停下。有人摇下车窗探出脑袋叫了一声："阿里亚斯，我们来了！"这人正是毕加索。小城弗雷儒斯有斗牛比赛，毕加索邀请理发师一同去看。阿里亚斯打发走最后一名顾客，匆匆坐上汽车。阿里亚斯 1909 年出生在距离西班牙马德里不远的布伊特拉戈村，在弗朗哥专制时期他逃到法国瓦洛里，靠理发为生。在那里，他与毕加索交上了朋友。毕加索比他大 28 岁，他视毕加索为"第二父亲"。毕加索难得有空去看斗牛，所以那天心情格外好。他的钱包里塞满了钞票，他说这些钱是给斗牛场的工作人员准备的。比赛完了，他们会到饭馆里饱餐一顿，并给跑堂的留下丰厚的小费。

阿里亚斯是毕加索家里的常客。在毕加索的画室里，阿里亚斯给他剪头发、刮胡子，所有这些都是在极其融洽的气氛中进行的，两人总有说不完的话。一天，毕加索发现阿里亚斯徒步而来，就送给他一辆小轿车。

阿里亚斯是画家名誉的坚定捍卫者，谁说毕加索的坏话他就跟谁急。阿里亚斯回忆说，毕加索来店里理发，其他顾客都起身对他说："大师，您先理。"但毕加索从来不愿享受这种特殊待遇。他认为毕加索非常慷慨。有一次，当他听到有人说毕加索是"吝啬鬼"时，他怒不可遏，立即反驳说："对一个你并不熟悉的故人进行这种攻击是幼稚和卑鄙的，毕加索一生都在奉献和给予。"随后，阿里亚斯举了很多例子。

"毕加索的大型油画《战争与和平》是为瓦洛里的小教堂创作的，他还捐献了一件雕塑作品，是他为我们的城市添了生机。"阿里亚斯说，毕加索一共送给他 50 多幅作品，其中包括一幅妻子雅克琳的肖像画。理发师将这些画都捐给了西班牙政府，并在家乡布伊特拉戈建了一个博物馆。博物馆中还陈列了一个放理发工具的盒子，上面有毕加索烙的一幅《斗牛图》和"赠给我的朋友阿里亚斯"的亲笔题词。一位日本收藏家曾想购买这个盒子，他给了阿里亚斯一张空白银行支票，说数目随便他填。可收藏家没想到，他竟遭到了理发师的拒绝。阿里亚斯说："不论你用多少钱，都无法买走我对毕加索的友情和尊敬。"

毕加索去世，理发师失声痛哭，阿里亚斯常提到一件事：1946 年的某天上午，理发店里来了一位面容憔悴的顾客，他叫雅克·普雷维，是不久前从纳粹集中营放出来的。正好毕加索也来理发，普雷维卷起袖子让他看胳膊上烙的号码：186524。毕加索的眼睛一亮。后来，普雷维也成了毕加索的好朋友，毕加索不仅给他钱，还让他去疗养院休养。当普雷维前来参观毕加索画室的时候，毕加索指着那些画对他说："只要你喜欢，你可以随便挑。"

毕加索是西班牙最有名的画家、雕塑家。他和他的画在世界艺术史上占据了不朽的地位，是当代西方最有创造性和影响最深远的艺术家，立体画派创始人。代表作有《亚维农的少女》《卡思维勒像》《瓶子、玻璃杯和小提琴》《格尔尼卡》《梦》等。在全世界前 10 名最高拍卖价的画作里面，毕加索的作品就占了 4 幅。

小 故事 大 道理

友情的可贵之处，就在于它不是锦上添花，而是雪中送炭。一个人，可以什么都没有，但不能没有朋友。我们的生命中，难免遭受风雨，难免经历起伏，在那些个灰暗的日子里，朋友的一句问候、一个电话、一封邮件都是慰藉我们心灵的良药！薄伽丘说：友情是一种神圣的东西，不仅值得推崇，而且值得珍惜。所以，请感恩我们身边的可爱朋友吧，因为他们的知心，我们才能不断地战胜自己，超越自己，在自己面对生活中的不幸时也不会感到孤独和畏惧！

患难见真情

由于飞机的狂轰滥炸，一颗炸弹掉入了越南的一个孤儿院，几个孩子和一位工作人员都被炸死了，还有几个孩子受了伤。其中，有一个小女孩流了很多血，伤势很重。幸运的是，随即一个医疗小组来到这里。小组只有两个人，一个女医生，还有一个女护士。

女医生很快进行了急救，这个小女孩因为流了很多血，需要马上输血，但医疗队带来的医疗用品中没有可供使用的血浆。医生决定就地取材，给在场的所有人都验了血，终于发现有几个孩子的血型和小女孩是相同的。可是，新的问题又出现了，因为那个医生和护士都只会说一点点越南话，而在场的孤儿院的工作人员和孩子们都只能听懂越南话。于是，女医生尽量用自己仅会的一点越南语加上一大堆手势告诉那几个孩子："你们的朋友伤势很重，她需要血，需要你们给她输血！"

终于，孩子们点了点头，好像听懂了，但眼里却藏着一丝恐惧！孩子们没人吭声，也没有人举手表示自己愿意献血！女医生没有料到会是这样的场面，一下子愣住了。为什么他们不肯献血来救自己的朋友呢？或者是他们刚才并没有听懂自己的话？

忽然，一只小手慢慢地举了起来，但刚刚举到一半又放下了，好一会儿又举了起来，再也没有放下！医生很高兴，马上让那个小男孩躺在床上。小男孩僵直地躺着，看着针管慢慢地插入自己细小的胳膊，看着自己的血液一点点地被抽走，眼泪不知不觉地顺着脸颊流了下来。医生见状很紧张，忙问是不是针管弄疼了他。他摇摇头，但眼泪还是没有止住。医生有点慌了，觉得肯定是有什么地方弄错了，但是到底错在哪里呢？

关键时刻，一名越南的护士赶到了这个孤儿院。女医生将情况告诉了越南护士。越南护士忙低下身子，和床上的孩子交谈了一下，很快，这个孩子就破涕为笑了。原来，那些孩子都误解了女医生的话，以为需要抽光一个人的血去救那个小女孩。一想到不久后就要死了，所以小男孩才哭了出来！

医生终于明白为什么刚才没有人自愿出来献血了，但是她还是想不明白，"既然以为献过血后就要死了，为什么他还愿意出来献血呢？"医生问越南护士，越南护士又用越南语问了一下小男孩，小男孩不假思索地就回答了。回答很简单，只有几个字，却感动了在场的所有人。

他说："因为她是我最好的朋友！"

人的血型一般常分 A、B、AB 和 O 四种，除此之外还有十多种极为稀少的血型。其中，AB 型可以接受任何血型的血液输入，因此被称作"万能受血者"，O 型可以输给任何血型的人体内，因此被称作"万能输血者"。

小男孩带给我们的感动无法用语言形容，他那简短的一句话，让在场的每一个人都深深理解了友谊的含义。当朋友有需要时，有几个人可以像小男孩这样甘愿牺牲自己，为朋友两肋插刀呢？朋友在我们有困难的时候帮助我们，那么，在朋友有需要的时候，我们也应该毫不犹豫地伸出援手，让他们感受到友谊的温暖！

感 谢 朋 友 的 理 解 与 支 持

一年一度的马拉松赛就要开始了，比赛全程仍是 42.195 千米，要跑遍这个城市的 6 个区，终点在市中心广场。在近万名的参赛选手中，有一个特殊的群体引起了人们的注意，这组人或手拄拐杖，或用假肢，甚至坐轮椅来参加比赛。因为这些人需要较长时间才能跑完全程，因此需要比其他人早出发。

其中有一位女选手，她在几年前曾被查出患有一种神经退化的疾病，医生规定她避免剧烈体育运动，但她不甘心放弃正常人的生活，所以就跑到这个特殊的人群中来参加比赛。

临近比赛的几天里，她的朋友问她，谁在终点记录她的成绩。她告诉朋友"没人"，自己会上报成绩，然后领取完成比赛的纪念奖牌。

她的朋友说："我认为终点应该有人在。"接着，她的朋友说出了令人大感意外的话："如果你同意让我来做这项工作，我将深感荣幸。"她向朋友直说，自己无法确定什么时候才能到达终点，所以不想麻烦朋友。朋友说："多久都没有关系，在你跨越终点线时，我一定在那里等你。"

比赛如期开始了，这个特殊的群体顽强地向前移动着，有的人移动轮椅前进，有的人跳跃向前，每个人都用自己的方式前进。

第二天清晨，她的朋友在终点的市中心广场用期盼的目光注视着远方，等候她的到来。此时，比赛已经进行了二十几个小时了。一个工作人员来到她的朋友身边，告诉她，夜里丢失了一盒奖牌，所以已经没有奖牌再发给最后的选手了。

"一定要给她奖牌。"她的朋友坚决地说，然后就奔出了中心广场，跑回家中叫醒丈夫——他曾参加了前一天的比赛。她说："把你的奖牌给我，有人比你更需要它。"她拿了奖牌，立刻跑到终点继续等她。

此刻，这位女选手还在几小时赛程之外继续前进，可是她的朋友一直在耐心地等待着她的到达。她终于转过最后一个弯，进入了中心广场，继续跑完最后的350米。首先进入眼帘的是有两个人拉着长带子站在终点处，接着她看见了等在那里手拿奖牌的她的朋友。

她冲过了终点，朋友将奖牌挂在了她的脖子上，两人互相拥抱，激动得啜泣起来。此后，朋友每年都会在马拉松比赛的终点那里等她。

马拉松，国际上非常普及的长跑比赛项目，全程距离26英里385码，折合为42.195千米（也有说法为42.193千米）。分为全程马拉松，半程马拉松和四分马拉松三种。以全程马拉松比赛最为普及，一般提及马拉松，即指全程马拉松。

小 故事 大道理

　　看完这个故事，有一种莫名的感动。不得不说，她是不幸的，但是，她又是幸运的，能有这样一位支持、理解自己的朋友！人生坎途中，不管你经历着怎样的磨难，忍受着怎样的苦楚，那些真心爱你的朋友们总在你的身边陪着你，守护着你。当你看到他们为你欣慰，为你骄傲，为你欢喜的眼神时，不管你在哪里，都会顿时充满无限活力，充满为明天奋斗的勇气！

伟　大　的　友　谊

　　恩格斯和马克思不仅是工作上的好伙伴，更是生活中的好朋友。

　　1863年1月7日，恩格斯的妻子玛丽·白恩士患心脏病突然去世。恩格斯以十分悲痛的心情将这件事写信告诉马克思。信中说："我无法向你说出我现在的心情，这个可怜的姑娘是以她的整个心灵爱着我的。"第二天，1月8日，马克思从伦敦给曼彻斯特的恩格斯写回信。

　　信中对玛丽的噩耗只说了一句平淡的慰问的话，却不合时宜地诉说了一大堆自己的困境：肉商、面包商即将停止赊账给他，房租和孩子的学费又逼得他喘不过气来，孩子上街没有鞋子和衣服，"一句话，魔鬼找上门了……"生活的困境折磨着马克思，使他忘却了、忽略了对朋友不幸的关切。正在极度悲痛中的恩格斯，收到这封信，不禁有点生气了。

　　从前，两位挚友之间常常隔一两天就通信一次。这次一直隔了5天，即1月13日，恩格斯才给马克思复信，并在信中毫不掩饰地说："自然明白，这次我自己的不幸和你对此的冷冰冰的态度，使我完全不可能早些给你回信。我的一切朋友，包括相识的庸人在内，在这种使我极其悲痛的时刻对我表示的同情和关心，都超出了我的预料。而你却认为这个时刻正是表现你那冷静的思维方式的卓越性的时机。那就听便吧！"波折既已发生，友谊经历着考验。这时，马克思并没有为自己辩护，而是做了认真的自我批评。10 天以后，当双方都平静下来的时候，马克思写信给恩格斯说："从我这方面说，给你写那封信是个大错，信一发出我就后悔了。然而这绝不是出于冷酷无情。我的妻子和孩子们都可以做证：我收到你的那封信（清晨寄到的）时极其震惊，就像我最亲近的一个人去世一样。而到晚上给你写信的时候，则是处于完全绝望的状态之中。在我家里待着房东打发来的评价员，收到了肉商的拒付期票，家里没有煤和食品，小燕妮卧病在床……"

出于对朋友的了解和信赖，收到这封信后，恩格斯立即谅解了马克思。1 月 26 日，他给马克思的信中说："对你的坦率，我表示感谢。你自己也明白，前次的来信给我造成了怎样的印象……我接到你的信时，她还没有下葬。应该告诉你这封信在整整 1 个星期里始终在我的脑际盘旋，没法把它忘掉。不过不要紧，你最近的这封信已经把前一封信所留下的印象消除了，而且我感到高兴的是，我没有在失去玛丽的同时再失去自己最好的朋友。"随信还寄去一张 100 英镑的期票，以帮助马克思渡过困境。

　　马克思是全世界无产阶级的伟大导师、科学共产主义的创始人。伟大的政治家、哲学家、经济学家、革命理论家。主要著作有《资本论》《共产党宣言》等。

　　弗里德里希·冯·恩格斯，德国哲学家，马克思主义的创始人之一。恩格斯是卡尔·马克思的挚友，被誉为"第二提琴手"。他为马克思创立马克思主义提供了大量经济上的支持，在马克思逝世后，帮助马克思完成了未完成的《资本论》等著作，并且领导国际工人运动。

小 故事 大 道理

马克思和恩格斯这两位伟人的深厚友谊，我们很早就已经深有体会，他们彼此坦诚，彼此交心，都视双方为最重要的朋友。马克思生活上经常有困难，恩格斯总是毫不犹豫地给予帮助。当他们的友谊遇到危机时，因为他们彼此的坦诚，彼此的信任，误会很快便被化解了，马克思依然穷困，恩格斯依然毫不犹豫地寄钱过去，伟大的友谊依然如故！

友情是治病的良药

麦迪 12 岁那年突然患上了绝症，伙伴们全都躲着他，只有大他 4 岁的霍华德依旧和他像以前一样玩耍。

离麦迪家的后院不远，有一条通往大海的小河，河边开满了五颜六色的花朵。霍华德告诉麦迪，把这些花草熬成汤，说不定能治他的病。麦迪喝了霍华德煮的汤，身体并不见好转，谁也不知道他还能活多久。霍华德的妈妈怕一家人都染上这可怕的病毒，便再也不让霍华德去找麦迪，但这并不能阻断两个孩子的友情。

一天，霍华德在杂志上偶然看见一则消息，说在纽约有一位费医生找到了能治疗这种病的药物，这让他兴奋不已。于是，在一个太阳刚刚升起的清晨，他带着麦迪，悄悄地踏上了去纽约的路。

他们是沿着那条小河出发的。霍华德用木板和轮胎做了个很结实的小船，他们躺在小船上，听着哗哗的流水声，看着满天闪烁的星星，霍华德告诉麦迪，到了纽约，找到费医生，他就可以像别人一样快乐地生活了。

不知漂了多远，船进水了，他们不得不改搭顺路汽车。为了省钱，他们晚上就睡在随身带的帐篷里。麦迪咳得很厉害，从家里带的药也快吃完了。

一天夜里，麦迪冷得直打战，他用微弱的声音告诉霍华德，他梦见200亿年前的宇宙了，星星的光又暗又黑，什么都看不到，他一个人待在那里，找不到回来的路，又饿又怕。霍华德把自己的球鞋塞到麦迪的手上说："以后睡觉，就抱着我的鞋，想想我的臭鞋还在你的手上，我肯定就在你附近，这样你就不会害怕了。"

他们身上的钱差不多用完了，可离纽约还有很远很远的路。麦迪的身体越来越弱，霍华德不得不放弃了去纽约的计划，带着麦迪又返回了家乡。

不久，麦迪又住进了医院。霍华德依旧常常去病房看他，两个好朋友在一起时病房便充满了欢乐。他们有时还会合伙玩装死游戏吓医院的护士，看见护士们上当的样子，两个人都忍不住大笑。霍华德给那家杂志写了信，希望能帮助他们找到费医生，结果却杳无音讯。

冬天的一个下午，麦迪的妈妈上街去买东西了，霍华德在病房陪着麦迪，麦迪的脸越发的苍白了，夕阳微微地照进病房，洒满麦迪的身上。霍华德问他想不想再玩装死的游戏，麦迪点点头，可是，这回麦迪却没有在医生为他摸脉时忽然睁开眼笑起来。他真的死了。

那天，霍华德陪着麦迪的妈妈回家。两人一路无语，直到分别的时候霍华德才抽泣着说："我很难过，没能为麦迪找到治病的药。"

麦迪的妈妈泪如泉涌："不，霍华德，你找到了。"她紧紧地搂着霍华德，"麦迪一生最大的病其实是孤独，而你给了他快乐，给了他友情，他一直为有你这个朋友而满足……"三天后，麦迪静静地躺在了长满青草的地下，双手抱着霍华德穿过的那只球鞋。

宇宙是由空间、时间、物质和能量所构成的统一体，是一切空间和时间的综合体。一般理解的宇宙指我们所存在的一个时空连续系统，包括其间的所有物质、能量和事件。根据大爆炸宇宙模型推算，宇宙年龄大约是200亿年。

故事大道理

　　真正的友情是不仅能够分担朋友的快乐，更能与朋友一起分担忧愁，在朋友最需要的时候陪在身边，为朋友加油打气。友情是一方治病的良药，人最怕的就是孤独，而友情可以让你远离孤独，获得快乐。

高山流水觅知音

　　在春秋时期，楚国有一位著名的音乐家，他的名字叫俞伯牙。俞伯牙从小非常聪明，天赋极高，又很喜欢音乐，他拜当时很有名气的琴师成连为老师。

　　学习了三年，俞伯牙琴艺大长，成了当地有名气的琴师。但是俞伯牙常常感到苦恼，因为在艺术上还达不到更高的境界。俞伯牙的老师成连知道了他的心思后，便对他说："我已经把自己的全部技艺都教给了你，而且你学习得很好。至于音乐的感受力、悟性方面，我自己也没学好。我的老师方子春是一代宗师，他琴艺高超，对音乐有独特的感受力。他现住在东海的一个岛上，我带你去拜见他，跟他继续深造，你看好吗？"俞伯牙闻听大喜，连声说："好！好！"

　　他们准备了充足的食物，乘船往东海进发。一天，船行至东海的蓬莱山，成连对伯牙说："你先在蓬莱山稍候，我去接老师，马上就回来。"说完，成连划船离开了。过了许多天，成连也没回来，伯牙很伤心。他抬头望大海，大海波涛汹涌，回首望岛内，山林一片寂静，只有鸟儿在啼鸣，像在唱忧伤的歌。伯牙不禁触景生情，有感而发，仰天长叹，即兴弹了一首曲子。曲中充满了忧伤之情。从这时起，俞伯牙的琴艺大长。其实，成连老师是让俞伯牙独自在大自然中寻求一种感受。

俞伯牙身处孤岛，整日与海为伴，与树林飞鸟为伍，感情很自然地发生了变化，心灵得到了陶冶，真正体会到了艺术的本质，创作出了真正的传世之作。后来，俞伯牙成了一代杰出的琴师，但真心能听懂他的曲子的人却不多。

有一次，俞伯牙乘船沿江旅游。船行到一座高山旁时，突然下起了大雨，船停在山边避雨。伯牙耳听淅沥的雨声，眼望雨打江面的生动景象，琴兴大发。伯牙正弹到兴头上，突然感到琴弦上有异样的颤抖，这是琴师的心灵感应，说明附近有人在听琴。伯牙走出船外，果然看见岸上树林边坐着一个叫钟子期的打柴人。

伯牙把子期请到船上，两人互通了姓名，伯牙说："我为你弹一首曲子听好吗？"子期立即表示洗耳恭听。伯牙即兴弹了一曲《高山》，子期赞叹道："多么巍峨的高山啊！"伯牙又弹了一曲《流水》，子期称赞道："多么浩荡的江水啊！"伯牙又佩服又激动，

对子期说："这个世界上只有你才懂得我的心声，你真是我的知音啊！"于是两个人结拜为生死之交。

伯牙与子期约定，待周游完毕要前往他家去拜访他。一日，伯牙如约前来子期家拜访他，但是子期已经不幸因病去世了。伯牙听后悲痛欲绝，奔到子期墓前为他弹奏了一首充满怀念和悲伤的曲子，然后站立起来，将自己珍贵的琴砸碎于子期的墓前。从此，伯牙与琴绝缘，再也没有弹过琴。

　　成连是春秋时著名的琴师，俞伯牙的老师。伯牙跟着他学琴，三年学成。他在精神情志方面对伯牙进行点拨，使伯牙最终成为天下妙手。

小故事大道理

　　这是一个关于"高山流水觅知音"的感人故事，俞伯牙琴艺高超，但是却没有人能真正听懂他的琴声。终于，他遇到了子期——能听懂伯牙心声的人，于是，俩人结成至交。当知道子期已经不在人世的消息时，伯牙决然地砸琴于子期墓前。没有了友情、知音的拥抱，即使弹出绝世琴声，也没人欣赏，友人的离去，让伯牙悲痛欲绝。珍惜身边的朋友吧，有他们的陪伴，我们才不孤单。让我们怀抱一颗感恩之心，向朋友致敬！

管 鲍 之 交

齐国有一对很要好的朋友，一个叫管仲，另外一个叫鲍叔牙。

年轻的时候，管仲家里本来就很穷，又要奉养母亲，鲍叔牙知道了，就找管仲一起投资做生意。做生意的时候，因为管仲没有钱，所以本钱几乎都是鲍叔牙拿出来的，可是，当赚了钱以后，管仲却拿得比鲍叔牙还多，鲍叔牙的仆人看了就说："这个管仲真奇怪，本钱拿比我们主人少，分钱的时候却拿得比我们主人还多！"鲍叔牙却对仆人说："不可以这么说！管仲家里穷又要奉养母亲，多拿一点没有关系的。"

有一次，管仲和鲍叔牙一起去打仗，每次进攻的时候，管仲都躲在最后面，大家就骂管仲说："管仲是一个贪生怕死的人！"鲍叔牙马上替管仲说话："你们误会管仲了，他不是怕死，他得留着他的命去照顾老母亲呀！"管仲听到之后说："生我的是父母，了解我的人可是鲍叔牙呀！"后来，齐国的国王死了，大王子诸当上了国王，诸每天吃喝玩乐不做事，鲍叔牙预感齐国一定会发生内乱，就带着小王子小白逃到莒国，管仲则带着小王子纠逃到鲁国。

不久之后，大王子诸被人杀死，齐国真的发生了内乱。管仲想杀掉小白，让纠能顺利当上国王，可惜管仲在暗算小白的时候，把箭射偏了，小白没死，后来，鲍叔牙和小白比管仲和纠还早回到齐国，小白就当上了齐国的国王。小白当上国王以后，决定封鲍叔牙为宰相，鲍叔牙却对小白说："管仲各方面都比我强，应该请他来当宰相才对呀！"小白一听："管仲要杀我，他是我的仇人，你居然叫我请他来当宰相！"鲍叔牙却说："这不能怪他，他是为了帮他的主人纠才这么做的呀！"小白听了鲍叔牙的话，请管仲回来当宰相，而管仲也真的帮小白把齐国治理得井井有条。

后来，大家在称赞朋友之间有很好的友谊时，就会说他们是"管鲍之交"。

鲍叔牙，亦称"鲍叔""鲍子"，是鲍敬叔的儿子。春秋时齐国大夫，官至宰相，以知人善交著称，是管仲的好朋友。

鲍叔牙是多么的大度啊！如果没有鲍叔牙这样的朋友，管仲也就不会成就后来的事业，管仲是幸运的。朋友不仅能够分担快乐，更能分担忧愁，不仅不去斤斤计较，更能体谅宽容。

用生命搭建友谊之桥

春秋时期，有这样一对挚友：羊角哀和左伯桃。

当时，各国诸侯为争夺土地，扩大势力范围，连年发动战争，使人民生活在水深火热之中。这两个朋友对人民深为同情，决心施展自己的才干，拯救国家和人民。他们听说楚庄王是个贤明的国君，就相约前去投奔。

在那年冬天，寒风瑟瑟，大雪纷飞。在鸟兽潜踪、人烟稀少的荒原上，他们两个年轻人互相搀扶着，正跌跌撞撞、一步一步艰难地向楚国走去。

风狂雪猛，寒冷、饥饿、长途跋涉，使身体本来就瘦弱的左伯桃病倒了，在这危难时刻，羊角哀对左伯桃说："我扶你走吧，你放心，我绝不会丢下你不管的。"羊角哀搀扶起左伯桃艰难地走着……

两天过去了，羊角哀筋疲力尽了。他好不容易才把左伯桃扶到一棵大空心树旁，暂避风雪。"荒原千里，风雪无边，如果我们两个都冻死或者饿死，倒不如救活一个。我看，你一个人快走吧，我实在不行了，别再连累你。"左伯桃喘着气说，他连站起来的力气也没有了。

羊角哀一听，急了："你怎么说这种话！伯桃，你放心，我背也要把你背到楚国去！"说着，羊角哀弯下身子就要背左伯桃，但他也没有力气再把左伯桃背起来了。左伯桃用虚弱的声音说："角哀，我现在的身体状况，肯定……到不了楚国就会死在半路上，你的身体……比我好，本领比我强，有希望走出……这片荒原，应该你去楚国……我们救国、救民的理想就拜托你去实现了！"

两个人真诚相商。最后，左伯桃还是说服了羊角哀。

羊角哀抱着左伯桃放声痛哭。左伯桃催他赶快上路。羊角哀要把所有的干粮留给左伯桃，左伯桃决意不要。羊角哀只好怀着极为沉痛的心情诀别了他的朋友，独自上路了。

羊角哀赶到楚国后，受到楚庄王的重用。他连忙带人回到荒原，却发现左伯桃已冻死在空心树旁，他埋葬了好友的尸体，痛哭而别。

楚庄王知道这一切后，深为左伯桃的精神所感动，下令奖励了左伯桃的妻儿。

春秋时期是中国历史阶段之一。中国儒家文化的创始人孔子曾经编了一部记载当时鲁国历史的史书，名叫《春秋》，而这部史书中记载的时间跨度与构成一个历史阶段的春秋时代大体相当，所以后人就将这一历史阶段称为春秋时期，基本上是东周的前半期。

小 故事 大道理

朋友，会在最困难的时候陪在身边，不离不弃；朋友，也会在关键的时候能舍弃自己，成全对方。羊角哀和左伯桃的友情可谓感人至深，羊角哀的搀扶，左伯桃的牺牲，都为友情的美好再添光彩。

第 五 章

感谢对手让我们不断超越着自己

　　有的人常常嫉妒对手，认为是对手阻碍了自己的成功，是对手影响到自己的幸福。可是，正因为有了对手，我们的生活才不会像白开水一样平淡乏味，而变得丰富多彩；正因为有了对手，我们才不会像鲜花一样娇嫩，而变得越来越坚强；正因为有了对手，我们才能享受到真正的快乐。

　　在学习和事业上，是对手在不断激发着我们的潜能，是对手让我们不断超越着自我，是对手让我们更强大！从这个意义上说，我们应该从内心里感谢对手。而且，在现实中，曾经的对手也可能成为你的得力助手，让你飞得更高。

与对手走向双赢

西拉斯是一个小镇上的一家杂货铺的老板。这家铺子是他爸爸传下来的，他爸爸又是从他爷爷手里接过来的。他爷爷开这铺子的时候南北两边正在打仗。

西拉斯买卖公道，信誉很好。他的钳子对镇上的人来说就像手足，不可缺少。西拉斯的儿子在长大，小铺子就要有新的接班人了。

可是有一天，一个外乡人笑嘻嘻地来拜访西拉斯，那个人说，他想买下这铺子，请西拉斯自己作价。事情变得严重了！

西拉斯怎么舍得？即便出双倍价格他也不能卖！这铺子不光是铺子呀，这是事业，是遗产，是信誉！

外乡人耸耸肩，笑嘻嘻地说："抱歉，我已选定街对面那幢空房子，粉刷一番，弄得富丽堂皇，再进些上好货品，卖得更便宜，那时你就没生意了！"

西拉斯眼见对面空房贴出了翻新告示，一些木匠在里面锯呀刨呀，有一些人爬上爬下，他的心都碎了！他无可奈何却又不无骄傲地在自家店门上贴了张告示：敝号系老店，95年前开张。

对面也换了一张告示：敝号系新店，下礼拜开张。

人们对比读了之后，无不暗暗嗤笑。

新店开业前一天，西拉斯坐在他那阴暗的店堂里想心事，他真想破口把那人臭骂一顿，幸亏西拉斯有个好妻子。

"西拉斯，"她用低低的声音缓缓地说，"你巴不得把对面那房子一把火烧了，是不是？""是，巴不得！"西拉斯简直在咬牙切齿，"烧了有什么不好？"

"烧也没用，人家上了保险。再说，这样想也缺德。"

"那你说我该怎么想?"西拉斯冒着怒气。

"你该去祝愿。"

"祝愿天火来烧?"

"你总说自己是个厚道人,西拉斯,可一碰到切身事就糊涂。你该怎么做不是很清楚吗?你应该祝愿新店开业成功。"

"你是脑筋出了窍吧,贝蒂。"

说是这么说,西拉斯决定去一次。

第二天早晨新店还没开门,全镇人已等在外边。大家看着正门上方赫然写着"新新杂货店"几个金字,都想进去一睹为快。

西拉斯也在人群中,他快快活活地跨到台阶上大声说:"外乡老弟,恭喜开业,谢谢你给全镇人带来方便!"

他刚说完便吃了一惊,因为全镇人都围上来朝他欢呼,还把他举起来。大家跟他进店参观。谁都关心标价,谁都觉得很公道,那外乡老板笑嘻嘻地牵着西拉斯的手,两个生意人像老朋友。

后来,两家生意都很兴隆,因为小镇一年比一年大了。

保险是最古老的风险管理方法之一。在保险合约中,被保险人支付一个固定金额给保险公司,称为"保险费";保险公司在约定时期内对被保险人造成的损失给予一定赔偿。

小故事 大道理

一个胸襟宽广、具有远见的人,不仅能容忍对手的发展,而且能够与对手成为朋友,成为磨砺自己的"石头",进而达到共赢。"尺有所短,寸有所长",只要你诚心结交,对方也会坦诚相待。放下自私和虚荣,主动接受对方,你就会从对方身上学到很多,从而更有利于自己的发展。

朋 友 与 敌 人

海湾战争以后，美军提出了一个全新的理念：战争状态下士兵的"生存能力"远比"作战能力"更重要。于是，研制世界上最坚固的MIA2坦克防护装甲，被列为改进美军装备的当务之急。

乔治·巴顿中校是美国陆军中最优秀的坦克防护装甲专家之一。他接受研制MIA2型坦克装甲的任务后，并没有马上开始研制，而是首先请来了一位"天敌"——毕业于麻省理工学院的著名破坏力专家麦克·马茨担任工程师，与自己做搭档。两人各带一个研究小组开始工作，不同的是，巴顿带领的研究小组负责研制防护装甲，而马茨带领的是破坏小组，专门负责摧毁巴顿研制的新型防护装甲。

刚开始时，马茨总是轻易地就能将巴顿研制的新型防护装甲炸个稀巴烂。但随着时间的推移，巴顿一次次地更换材料，修改设计方案，终于有一天，马茨用尽浑身解数也没能炸毁巴顿的防护装甲。这样，一种世界上最坚固的坦克防护装甲，就在这种近乎疯狂的"破坏"和"反破坏"的反复试验和较量中诞生了。

这种被称之为"艾布拉姆"式的MIA2型坦克，它的防护装甲可以承受时速超过4500千米、单位破坏力超过1.35万千克的打击力量。因此，巴顿与马茨这两个技术上的"冤家对手"，同时荣获了紫心勋章。

事后，巴顿深有感触地说："事实上，有问题并不可怕，可怕的是不知道问题出在哪里。我们请马茨来做'天敌'，就是请他帮助我们找到问题，从而更好地解决问题。这方面他做得非常棒，帮了我们一个大忙。一句话，我们之所以成功，就是因为请了一个好的'天敌'来做搭档！"

知识加油站

海湾战争（1991年1月17日至2月28日），是以美国为首的多国部队在联合国安理会授权下，为恢复科威特领土完整而对伊拉克进行的战争。

小**故事**大**道理**

没有天敌的动物往往会最先灭绝，而有天敌的动物则会逐步繁衍壮大。大自然中的这一现象在人类社会也同样存在。虽然强大的对手会让你时时处于危机中，但在与其对抗中，你会变得更加坚强。对手的力量会让你发挥出巨大的潜能，创造出惊人的成绩。所以，要学会用感恩的心理解对手。

一次难忘的演说

1918年，密西西比州松树林里曾发生了一件有趣的事情，差点引发了一次火刑，一位名叫劳伦斯·琼斯的讲师，差点被烧死。第一次世界大战期间，许多人比较冲动，劳伦斯·琼斯被人控告，说他激起族人的叛变。有白人在教堂外面听他讲道，他大声说："生命就是一场搏斗，每个黑人都应穿上盔甲战斗，为了更好地生存和发展。"

"战斗""盔甲"就是铁证。一些年轻人趁着黑夜纠集了一大群人，然后到教堂捆住了这位教士，把他拖到1英里外的荒野里，吊在一大堆干柴上面，最后点燃了干柴。眼看就要烧死他了，一个年轻人说话了："烧死他之前，让这个好说话的人说说话。"

站在柴堆上，脖子上套着绳圈，劳伦斯·琼斯为自己的生命和理想发表了一番演说。他1907年毕业于爱荷华大学，因心地善良、博学多才及在音乐方面的天赋赢得老师和同学的喜爱。毕业后谢绝了一家酒店的职位，还谢绝了别人资助他到音乐学院深造的美意。他有更崇高的理想。他读完布克尔·华盛顿的传记时，就决心把自己的一生都奉献给教育事业，教育那些因贫困而无法上学的黑人孩子。就这样，他回到了贫瘠的南方，密西西比州杰克镇以南25英里的一个小地方，把自己的手表当了六毛五分钱，以苍天为教室，以树桩为桌子，开始了他的教学生涯。

劳伦斯·琼斯将自己的经历讲给那些愤怒的纵火者，他说自己所做的一切就是为了没钱上学的男孩和女孩，把他们训练成优秀的农夫、机匠、厨子、家庭主妇。他还说，曾有些白人协助过他，比如说送他土地、木材、猪、牛和钱。

琼斯用很诚恳的态度讲述这些事，着实令人感动。自始至终，他没哀求一声，只是想让别人了解他的想法。那些想烧死他的人也为之动容。人群中有个曾参加南北战争的老兵说："我相信他所说的话，他提起的一些白人有我认得的，他确实是在做好事，是我们错了，我们应该帮他而不是烧死他。"老兵说完摘下自己的帽子，帽子在大家手中传递，这些曾经想烧死这个教育家的人，捐献出了52.4元，都交给了琼斯。

最棒的礼物

盔甲是人类在武力冲突中保护身体的器具，也叫甲胄、铠甲。其中盔与胄都是指保护头部的防具；铠与甲是保护身体的防具，而主要是保护胸腹部重要脏器之用。

小故事大道理

永远不要试图报复仇人，否则我们就会让自己受到极大的伤害。相反地，要去感激仇人，是他们让我们看到以前所看不到的东西。我们要劳伦斯·琼斯，用一颗感恩的心，让仇人心甘情愿地理解自己，帮助自己。

对手让我更智慧

1984年，在东京国际马拉松邀请赛中，名不见经传的日本选手山田本一出人意料地夺得了世界冠军，当记者问他凭什么取得如此惊人的成绩时，他说了这么一句话："用智慧战胜对手。"

当时，许多人都认为，这个偶然跑在前面的矮个子选手是故弄玄虚。马拉松是体力和耐力的运动，只要身体素质好又有耐性就有望夺冠，爆发力和速度都在其次，说用智慧取胜，确实有点勉强。

两年后，在意大利国际马拉松邀请赛上，山田本一又获得了冠军。有记者问他："上次在你的国家比赛，你获得了世界冠军，这一次远征米兰，又压倒所有的对手取得第一名，你能谈一谈经验吗？"山田本一性情木讷，不善言谈，回答记者的仍是上次那句让人摸不着头脑的话：

94

"用智慧战胜对手。"这回记者在报纸上没再挖苦他，只是对他所谓的智慧迷惑不解。

10年后，这个谜团终于被解开了，山田本一在他的自传中这样说道："每次比赛之前，我都要乘车把比赛的线路仔细看一遍，并把沿途比较醒目的标志画下来，比如第一个标志是银行，第二个标志是一棵大树，第三个标志是一座红房子，这样一直画到赛程的终点。比赛开始后，我就以百米冲刺的速度奋力向第一个目标冲去，等到达第一个目标后，我又以同样的速度向第二个目标冲去。四十几千米的赛程，就被我分解成这么几个小目标轻松地跑完了。起初，我并不懂这样的道理，我把我的目标定在四十几千米处的终点线上，结果我跑到十几千米时就疲惫不堪了，我被前面那段遥远的路程给吓倒了。"

记者这时才真正明白了山田本一在10年前说的"用智慧战胜对手"的含意。

知识加油站

　　米兰是意大利最发达的城市和欧洲四大经济中心之一，也是意大利第一大都市。因建筑、时装、艺术、绘画、歌剧、经济、足球和商业旅游等闻名于世，是世界最为著名的国际大都市之一，尤以时装最为出名。这里拥有世界半数以上的著名品牌，世界所有著名时装均在此设立机构，半数以上大牌时装的总部都设在这里，这里是全球设计师向往的地方。

小 **故事** 大 **道理**

　　要想战胜对手，就要比对手更智慧，文中的山田本一凭着自己的智慧，把一个终点目标分成几个小目标，轻松赢得了马拉松比赛。是对手让我们更智慧，是对手激发了我们的斗志，我们有理由感恩对手。

将对手转变为助手

2008年6月3日下午，美国民主党伊利诺伊州参议员巴拉克·奥巴马打败民主党纽约州参议员希拉里，获得美国历史上第一位黑人总统候选人提名，向他成为国家的第一位黑人总统的目标迈进了一步。

自美国民主与共和两党提名总统候选人开始，人们就把注意力集中在民主党上，因为不论是奥巴马还是希拉里胜出，都将创造美国的历史，一个是黑人候选人的历史，一个是妇女候选人的历史。

在2008年的美国总统大选中，奥巴马与希拉里是一对名副其实的对手，两人在各自的拉票上更是费尽心力。在新罕布什尔州举行的竞选集会，这是两人自民主党"马拉松式"的预选结束后首次在公开场合一起露面。当日活动上，希拉里身着蓝色套装，而奥巴马则以白衬衣佩戴一条蓝色领带。两人在讲台上握手，微笑，拥抱，并肩而立。两人相互赞美对方并都强烈呼吁党内团结，以确保在11月的大选中获胜。希拉里将奥巴马称为"伟人"，而奥巴马则不断感叹"希拉里太棒了"。也许当时的局面可以让人们看到，世界上其实没有永远的敌人。

当奥巴马真正赢得大选之后，他开始建立领导班子，就在人们翘首企盼的时候，听到了一个令人有些疑惑的结果，希拉里成了奥巴马的国务卿。

从宣布竞选到预选结束近2年的时间里，希拉里和奥巴马一直是"针尖对麦芒"互不相让，而现在"肩并肩"一起对付共和党的时候已经到了。希拉里说："团结并不仅仅只是我们能看到的事实，那还是一种伟大的感觉。我清楚地知道，当我们从此时此刻开始团结，我们就会让奥巴马成为美国下一位总统。"

不过，从几个月前互不相让的死敌到现在惺惺相惜的战友，这种转变多少让人有些尴尬。现场部分选民表示，在奥巴马和希拉里的笑容与相互恭维背后，能明显感到两人之间存在距离感。两人一开始的拥抱姿势就有些别扭。希拉里在奥巴马讲话时，双手紧握在身前，显得非常死板。

希拉里与奥巴马在一次公开露面后，有美国媒体分析指出，希拉里和奥巴马已经摆出了高姿态，暂时搁置两人和其支持者之间那种复杂的情绪，而促成这一点的原因就在于他们需要彼此。

知识加油站

民主党是美国两大政党之一，始建于1791年，当时称共和党，1794年改称民主共和党，又称反联邦党，后该党分裂。杰克逊派于1828年建立民主党。1840年，该党召开全国第3次代表大会，正式定名为民主党，并首次通过了党纲。

小故事大道理

如果对手总会给你带来压力，逼迫你努力地投入"斗争"中，那么，在同对手的对抗中，就能真正地磨炼自己。而有的时候，把对手转变为自己的朋友，也是人生中的一笔无形的财富。对于一个想要有所成就的人来说，这无疑是人生的课堂上必须修满学分的必修课。

为对手叫好

乔丹是篮球界的上帝，这是毋庸置疑的。

多年前的一场NBA比赛中，NBA中的另一位新秀皮蓬独得33分超

过乔丹3分，成为公牛队比赛得分首次超过乔丹的球员。比赛结束后，乔丹与皮蓬紧紧拥抱，两人泪光闪闪。

当年乔丹在公牛队时，皮蓬是公牛队最有希望超越乔丹的新秀，他时常流露出一种对乔丹不屑一顾的神情，还经常说乔丹某方面不如自己，自己一定会把乔丹推倒一类的话。但乔丹没有把皮蓬当作潜在的威胁而排挤，反而对皮蓬处处加以鼓励。

有一次乔丹问皮蓬说："我俩的3分球谁投得好？"皮蓬有点心不在焉地回答："你明知故问，当然是你。"因为那时乔丹的3分球成功率是28.6%，而皮蓬是26.4%。但乔丹微笑着纠正："不，是你！你投3分球的动作规范、自然，很有天赋，以后一定会投得更好。而我投3分球还有很多弱点。"并且还对他说，"我扣篮多用右手，习惯地用左手帮一下，而你，左右手都行。"这一细节连皮蓬自己都不知道。他深深地为乔丹的无私所感动。

从那以后，皮蓬和乔丹成了最好的朋友，皮蓬也成了公牛队17场比赛得分首次超过乔丹的球员。而乔丹这种无私的品质则为公牛队注入了难以击破的凝聚力，从而使公牛队创造了一个又一个的神话。乔丹不仅以球艺，更以他那坦然无私的广阔胸襟赢得了所有人的拥护和尊重，包括他的对手。

迈克尔·乔丹，1963年2月17日生，美国NBA著名篮球运动员，被称为"空中飞人"。他在篮球职业生涯中创造了刷屏般不可枚举的纪录，是公认的全世界最棒的篮球运动员，也是NBA历史上第一位拥有"世纪运动员"称号的巨星。

对手的屈辱不必放在心上

秦、齐、楚、燕、韩、赵、魏，是战国时期的七个大国，历史上称为"战国七雄"。

这七国当中，数秦国最强大。秦国常常欺侮赵国。有一次，蔺相如到秦国去交涉。蔺相如见了秦王，凭着机智和勇敢，给赵国争得了不少面子。秦王见赵国有这样的人才，就不敢再小看赵国了。赵王看蔺相如这么能干，就封他为上卿。

赵国的大将军廉颇眼看着赵王这么器重蔺相如，气坏了。他想：我为赵国拼命打仗，功劳难道不如蔺相如吗？蔺相如光凭一张嘴，有什么了不起的本领，地位倒比我还高！他越想越不服气，怒气冲冲地说："我要是碰着蔺相如，要当面给他点儿难堪，看他能把我怎么样！"

廉颇的这些话传到了蔺相如耳朵里。蔺相如立刻吩咐他手下的人，叫他们以后碰着廉颇手下的人，千万要让着点儿，不要和他们争吵。

他自己坐车出门，只要听说廉颇打前面来了，就叫马车夫把车子赶到小巷子里，等廉颇过去了再走。

廉颇手下的人，看见上卿这么让着自己的主人，更加得意忘形了，见了蔺相如手下的人，就嘲笑他

们。蔺相如手下的人受不了这个气，就跟蔺相如说："您的地位比廉将军高，他骂您，您反而躲着他，让着他，他越发不把您放在眼里啦！这么下去，我们可受不了！"

蔺相如心平气和地问他们："廉将军跟秦王相比，哪一个厉害呢？"大伙儿说："那当然是秦王厉害。"蔺相如说："对呀！我见了秦王都不怕，难道还怕廉将军吗？要知道，秦国现在不敢来打赵国，就是因为国内文官武将一条心。我们两人好比是两只老虎，两只老虎要是打起架来，难免有一只要受伤，甚至死掉，这就给秦国制造了进攻赵国的好机会。你们想想，国家的事儿要紧，还是私人的面子要紧？"

蔺相如手下的人听了这一番话，非常感动，以后看见廉颇手下的人，都小心谨慎，总是让着他们。

蔺相如的这番话，后来传到了廉颇的耳朵里。廉颇惭愧极了。他脱掉一只袖子，露着肩膀，背着荆条，直奔蔺相如家。蔺相如连忙出来迎接廉颇。廉颇对着蔺相如跪了下来，双手捧着荆条，请蔺相如鞭打自己。蔺相如把荆条扔在地上，急忙用双手扶起廉颇，给他穿好衣服，拉着他的手请他坐下。

蔺相如和廉颇从此成了很要好的朋友。这两个人一文一武，同心协力为国家办事，秦国因此更不敢欺侮赵国了。

　　蔺相如，战国时赵国上卿，今山西柳林孟门人，一说山西古县蔺子坪人，官至上卿，赵国宦官头目缪贤的家臣，战国时期著名的政治家、外交家。根据《史记·廉颇蔺相如列传》所载，他的生平最重要的事迹有"完璧归赵""渑池之会"和"负荆请罪"。

小 故事 大 道理

蔺相如和廉颇的故事，我们从小就知道，蔺相如的大将之风，让我们深深佩服。为了国家的兴旺，他甘愿被廉颇羞辱，把自己放到最低处，忍辱负重，最终他的用心感动了廉颇，两人冰释前嫌，一起为赵国效力。做大事，就要不拘小节，能屈能伸，一些暂时的屈辱，不必放在心上。

敢于与高手过招

史玉柱和陈天桥，一个是拥有百亿资产的巨人集团老总，一个是曾经的中国首富、盛大集团董事长；一个四十多岁，一个三十出头。他们在不同的领域发家，却因为网游进行了一场"大战"。

陈天桥是网游发家的"鼻祖"。2002 年盛大运营的网络游戏《传奇》在线人数突破 50 万，月平均销售额千万元，在中国拥有 65%以上的市场占有率，成为中国互动娱乐产业的领军者。随着盛大上市，陈天桥一夜之间成为拥有 90 亿元人民币的中国首富。

史玉柱是先做电脑汉卡，再经营脑白金、黄金搭档，在保健品行业杀出一片天后，又转投网游世界。史玉柱本身就是游戏迷，为了使自己的级别升高，还雇人替自己打怪，增加级别。他曾经向陈天桥请教过网游的问题，完全是一副外行的样子。可是陈天桥怎么也没想到的是，这个游戏的"门外汉"竟然会变成他日后最大的竞争对手。

史玉柱视陈天桥为自己最强劲的对手，为了与陈天桥等大佬级人物竞争，他在首次推出自己的网游《征途》时即宣称免费，却因为消息走漏，陈天桥率先宣布自己公司的游戏免费，抢得部分先机。免费带来的直接后果是收入减少，盛大第四季度网游收入比上季度锐减 30.4%。

而因为《征途》从最初的设计就遵循"永久免费，靠卖道具赚钱"的原则，所以并未受到丝毫影响，反而因此大赚一笔，真正地抢得先机，打响了进军网游界的头炮。

为了继续和陈天桥竞争，史玉柱投入巨额资金。"网游就是烧钱的。没有几千万，你就没法把设备硬件配齐。""前面 4 000 万大部分都花在薪水上，200 多人在干活，这些人没有八千一万的养不起。""优秀的游戏设计师价值千万年薪。"

史玉柱还通过一系列的创新赶超对手，而这些措施的实施，每一项都需要大量的投入。高财力的消耗，几乎让史玉柱走入了绝境。

虽然竞争是残酷的，可是在竞争中，史玉柱一直在思考，怎样才能突破对手的围追堵截。胜与败之间，他终于明白了怎样经营游戏行业，并一举超过了他的对手陈天桥。

　　网络游戏，又称"在线游戏"，简称"网游"。指以互联网为传输媒介。以游戏运营商服务器和用户计算机为处理终端。以游戏客户端软件为信息交互窗口的，旨在实现娱乐、休闲、交流和取得虚拟成就的。具有可持续性的个体性多人在线游戏。

小 故事 大 道理

　　对手水平如何往往也体现出一个人的价值大小，与高手对弈，会让自己更强大。史玉柱就是在强大对手给予的压力下，永不服输，即使没有十足的把握，也要全力以赴，闯出一片天！所以，一个想做大事的人，必须选择一个好的对手，只有在跟高手的对弈中，才能不断地提高自己，完善自己，并最终成为一名高手。

找一个对手"盯住"自己

在北方某大城市里，许多电器经销商经过明争暗斗的激烈市场争夺和较量，在彼此付出了很大的代价后，有张英、李锐两大商家脱颖而出，他们成了彼此最强硬的竞争对手。

这一年，张英为了增强市场竞争力，采取了极度扩张的经营策略，大量地收购、兼并各类小企业，并在各市县发展连锁店。但由于实际操作中有所失误，造成信贷资金比例过大，经营包袱过重，其市场销售业绩反倒呈直线下降趋势。

这时，许多业内外人士纷纷提醒李锐：这是主动出击，一举彻底击败对手张英，进而独占该市电器市场的最好商机。

李锐却微微一笑，始终不曾采纳众人提出的建议。

更出人意料的是，在张英最危急的时刻，李锐却主动地伸出援手，拆借资金帮助他顺利渡过难关。最终，张英的经营状况日趋好转，并一直给李锐的经营施加着压力，迫使李锐时刻面对着这一强有力的竞争对手。

有很多人曾嘲笑李锐心慈手软，说他是养虎为患。可李锐却丝毫没有后悔之意，只是四处招纳人才，积极改进经营策略，并以多种方式鼓励动手下的人拼搏进取，从不懈怠。

就这样，李锐和张英在激烈的市场竞争中，既是朋友又是对手，彼此绞尽脑汁地较量，虽然双方各有损失，但各自的收获也都很大。多年后，李锐和张英都成了当地赫赫有名的商业巨子。

面对事业如日中天的李锐，当记者提及他当年的"非常之举"时，李锐的平淡地说："击倒一个对手有时候很简单，但没有对手的竞争又是乏味的。企业能够发展壮大，应该感谢对手时时施加的压力。正是

这些压力，化为想方设法战胜困难的动力，进而在残酷的市场竞争中，始终保持着一种危机感。"

知识加油站

"养虎为患"这个成语出自《史记·项羽本纪》，比喻纵容敌人，留下后患，自己反而受到伤害。关于这个成语有这样一个故事：有一个猎人，在出去打猎的时候抱回一只小虎崽，小虎崽一直与人和睦相处，一天天地长大，终于长成了高大威猛的大老虎。有一天，猎人照常出去打猎，可是回来的时候却发现，老虎嘴角上残留着血渍，自己的妻子和孩子都不见了！猎人有一种不祥的预感，他被一种巨大的恐惧笼罩着。还没等他回过神来，那只老虎猛地向他扑去，几口便将他咬死了。

小故事大道理

找一个竞争对手"盯"自己，才不至于因生活散漫而意志消沉，才能在成功的路途上越走越远。压力带给人的感觉，不仅仅是痛苦和沉重，它也能激发人的斗志和内在的激情，使你兴奋，开发你的潜能。只有注入强有力的压力，努力将压力转化为动力，才有可能使生命越来越有活力，激发出更多的潜能，最终取得事业的成功！

宽恕曾经的敌手

1972 年，越战期间，北越军队在村子的东北方掘壕布阵，威胁村子南面的南越军队，只有百余人口的盏盘村则陷在两军对峙之间。很多村民已逃离，但 6 月 8 日早晨仍有 30 人躲藏在村里的寺庙中，9 岁的金芙就是其中之一。

忽然之间，金芙瞧见外面升起阵阵黄烟。有一个南越士兵也躲在庙里，认出那是目标引导信号，大声嚷道："他们要炸这里了，大家赶快逃！"

金芙在奔逃的儿童群中回头瞧，见到 4 颗炸弹一个接一个地掉下来。瞬间，她就被灼人的浓烟烈火吞噬了。大火很快烧光了她的衣服，皮肤也

被烧得一块一块往下掉。金芙赤裸着往村外跑，嘴里喊着："救命呀！救命！"

金芙张开双臂从浓烟中跑出来的瞬间，美联社摄影记者涅克·乌特给她拍了照片。在场的新闻记者见状，都吓坏了，急忙各自拿水壶倒水浇在金芙身上。金芙昏厥倒地，大家急忙送她到附近的医院去。当时人人都以为她死定了。

轰炸后第三天，美国陆军上尉约翰·普隆默拿起一份报纸，看到第一版刊出的金芙照片，接着他看到图片说明："炸弹下余生的儿童在一号公路上逃命。"他心里立刻翻腾起来，因为他知道那个任务是他下达命令。虽然普隆默外表刚强，但他天性善良，看到消息后他心里愧疚不已。后来，普隆默调回了美国本土担任直升机飞行教官。虽然几年的时间已经过去，但那次空袭的场景总是会在噩梦中一次次重现。为了消减自己的罪疚感，普隆默开始酗酒。他绝望地认为没有人会了解他的痛苦。

普隆默心里知道：天下只有一个人可以帮他卸下这个重担，而她已死在越南。

1996年6月普隆默通过电视看见了金芙，这让他大吃一惊。金芙没有死，此时已经是33岁的妇人了，她和丈夫住在多伦多，还有个儿子。

1996年11月11日是美国退伍军人节，金芙在越战退伍军人纪念广场对两千多人演讲。普隆默获悉金芙今天会到此地演讲，决定前来请求她的宽恕。此时的金芙在麦克风前，以温和坚定的声音说道："如果我能当面和投掷那个炸弹的人说话，我会告诉他，历史无法改变，但是我们应该为未来做些好事。"

普隆默听到后热泪盈眶，他写了张便条："亲爱的金芙，我就是那个人，希望能和你见一面。"他找到一名警员，悄悄吩咐将这字条交给她。金芙答应去见普隆默。

在一棵大树下，金芙转身面对当年下令空袭盏盘村的人，普隆默的眼中积聚着24年的痛苦和悔恨，他凝望着金芙，看见那个在公路上奔跑的小姑娘，张着嘴发出听不到的呼喊。他心里在呼喊："求求你，请

你宽恕我。"但他们四目相望时,他只能说出:"我抱歉,我十分抱歉,我不是故意伤害你的。"

金芙立刻泪盈双眼,伸出双臂去拥抱普隆默,平静地对他说:"没事了,没事,我宽恕你,我原谅你。"

普隆默听到这几个字——那是他长久以来一直想听到的话。他感到背负着的大石头终于卸下来了,他流着眼泪说:"我当时还查问过是不是有平民在村里。"但金芙却抱住他,不要他再讲下去。她说:"没事了,没事。"两个战争受害者互相安慰。

普隆默的噩梦终于结束了。

越南战争(1961—1973),简称"越战",又称第二次印度支那战争,为越南共和国(南越)及美国对抗共产主义的越南民主共和国及"越南南方民族解放阵线"(又称越共)的一场战争。越战是"二战"以后美国参战人数最多、影响最重大的战争。

小故事大道理

感恩和宽恕能够化解双方的绝望。宽宏的人不仅能让自己摆脱仇恨和烦恼的侵扰,而且能给对方一个新生的机会,使其走出自责与愧疚的阴影。面对别人的伤害,不要在痛苦中感到绝望,不要让自己的心灵干涸、枯萎。

第 六 章
感谢生活让我们体悟成长的酸甜苦辣

　　一个不知道感恩的人，往往容易抱怨，因为他只会索取却不懂得回报，而当他的索要得不到满足时，常常就会怨声连天。但是，如果你是一个懂得感恩的人，那么，美好的事物就触手可及，快乐就会常伴你身边。抱怨对事情毫无帮助，只会让你越陷越深，与其终日不停地抱怨，不如把力气用来付诸行动，去改变现状。那么，迎接你的将会是新的景象。

　　当我们苦闷不堪的时候，尝试放松心情，笑一笑没什么大不了的，丢掉抱怨的包袱，人生处处有希望。请你记住：懂得感恩生活，不抱怨的人是最快乐的人，没有抱怨的世界是最美好的世界。

甜美的葡萄

一天，修道院的大门被叫开了，门卫芭芭拉女士惊喜地看到，旁边果园的一个果农给她送来一大串晶莹剔透的葡萄。果农对她说："芭芭拉女士，我送给你这串葡萄以感谢你在我每次来修道院送水果时对我的关照。"芭芭拉对如此情意浓厚的礼物表示感谢，并对果农说修道院的人会很高兴地享用这串葡萄。

果农满意地离开修道院之后，芭芭拉把葡萄洗净，高兴地望着它。忽然，她想起修道院里的一位女病人最近什么也不想吃，便决定把这串葡萄送给她，让她开开胃，"她多么需要营养啊！"

于是，芭芭拉女士把葡萄送到虚弱的病人床前。病人睁开双眼惊喜地看着这串葡萄。芭芭拉对病人说："马蒂亚斯，有人送给我这串葡萄，但是我知道你什么都不想吃。也许它能带给你食欲。"马蒂亚斯从心里感激她，哽咽着对芭芭拉说："我将永远记住你，就是有一天死了，也会在天堂里感谢你！"

芭芭拉拿来一个大盘子，把葡萄放在上面，让病人慢慢享用。然后，她又回去继续值班了。

这位病人拿起葡萄，又想起应把它送给对自己倾注了大量心血、整日整夜地为她操劳的护士，以慰藉自己的灵魂。于是，这位病人呼喊护士，护士以为病人出了什么问题，就迅速赶到了她的床前。

病人对护士说："埃斯特万，芭芭拉女士惦记着我的病，送给我这串葡萄，让我品尝。由于我什么都没有吃，现在我吃了它可能伤胃，我想还是让你吃，你对我一直照顾得很不错。我很感谢你！"护士坚持让病人吃，但是越坚持，病人越是拒绝。护士感谢病人送给她如此诱人的礼物，不得已便决定把这串葡萄带走。

护士边走边想，这串葡萄应该送给兢兢业业为大家服务的女厨师。于是，她来到厨房，找到了女厨师娜拉，并对她说："你的心像这串美丽的葡萄一样高尚，这串葡萄送给你吧。"娜拉谢绝了护士的好意，她认为最好把葡萄送给为大家操劳的修道院院长。

......

就这样，这串葡萄在整个修道院传来传去，重新又回到了芭芭拉手中。她惊奇得不知所措，决定不再让这串葡萄兜圈子了。于是她不再迟疑，招呼大家一起品尝。她们觉得从来没有吃过如此甜美的葡萄。

修道院是基督教组织机构名称，为天主教培训神父的学院，又译神学院。始于 2 ～ 3 世纪，分男与女修院，按天主教法典的规定，须由教皇和主教批准，至少有修士 12 人方可成立。

小 故事 大道理

面对美味的葡萄，每个人都没有自己独自吃掉，而是首先考虑到别人，最后大家一起分享，葡萄的滋味也就更加甜美。这个故事告诉我们：你处处关爱别人，别人也会把爱心回馈给你。我们播种爱才能收获爱，善于播种爱的人才会得到更多的快乐。

过好每一天

一个即将毕业的女孩打电话给心理医生发牢骚，诉说自己的烦恼：临近毕业好像很少有开心的事情了，大家都在为自己的事情忙忙碌碌，心浮气躁。小城镇来的想留在大城市，大城市来的想出国。自觉出路不太好的想考研，接踵而来的每一件事都令人心烦。每办一件事，总是始于心急火燎，终于筋疲力尽。

平时神采飞扬的室友们如今一个个行色匆匆，在寝室里常常是各怀心事地沉默或者发呆，互相之间也好久没有往日开怀的聊天了。有时还抱怨自己怎么没有一个好爸爸，可以帮助搞定一切。自己的男友也为找工作的事如热锅上的蚂蚁，别说是收不到玫瑰，连人都好多天没见到了。

听完女孩的絮絮叨叨，心理医生没发表任何看法，而是给她讲了自己同班同学的故事。

"毕业前的那几个月，就好像梅雨季节的天气一样，又闷又湿，让人透不过气来。每个人都在等待，以为熬过了这段日子就是快乐天堂。一天，在校园里碰到一个高一届的师兄，他无精打采的样子让我惊讶。记得一年前他击败众多竞争对手如愿进了一家外企，很是得意了一阵。

可一年的工夫，好心情已无影无踪。他说，像他这样从小城镇奋斗出来的人，现在能够在大城市里扎根，在家乡的亲戚朋友看来已经很风光了。可是，在那么大的公司里，自己就像是一枚两分钱的硬币被扔进黄浦江，连个水花都溅不起来。

硕士生、博士生一把一把的，本科生不知何时才能熬出头。曾经想当然地以为自己可以大干一场，其实不过是一颗小小的螺丝钉。公司的刻板制度，不算很高的工资，没有女朋友的无奈，令他灰心丧气。

他说，一直都想出人头地，可这已经离他越来越远。

相反，他念中学时的一个同班女生，家庭优越，从来都无忧无虑的。高中毕业时父母托了关系，轻轻松松就把她保送进了重点大学。大学毕业时找工作又托父母的福，不费吹灰之力便进了一家大银行。工作了几年，觉得没劲了，家里便资助她50万元，让她出国读MBA。"

接着，心理医生又说："由于先天注定的一些客观因素的存在，使得人和人之间有太多的差别。我们应该做的不是去管别人的运气有多好，而是要认真地过好自己的每一天。想一想，与那些没有考上大学的同龄人相比，我们的运气是不是比他们好。所以，要感恩生活给予你的，切忌连连抱怨，因为抱怨会让你的心情变得更糟。"

　　MBA，是英语"工商管理硕士"的缩写，而其中文简称为"工管硕"。工管硕士培养的是高质量的职业工商管理人才，使他们掌握生产、财务、金融、营销、经济法规、国际商务等多学科知识和管理技能。

小故事大道理

　　这个世界上总会有一些事，让你感到愤愤不平，如果只顾着抱怨的话，你将一事无成。学会用感恩的心乐观地看待问题，认真过好自己的每一天吧。因为抱怨除了让自己心情烦躁之外，毫无他用。

假如生活欺骗了你

普希金说："假如生活欺骗了你，不要忧郁，也不要愤慨。我们的心憧憬着未来，现实总是令人悲哀。一切都是暂时的，转瞬即逝，而那逝去的将变为可爱。"

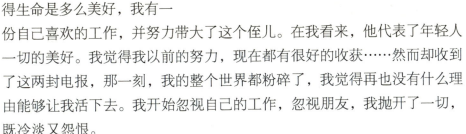

鲁滨逊太太曾有过这样的经历，她描述道：美国庆祝陆军在北非获胜的那一天，我接到国防部送来的一封电报，我的侄儿——我最爱的一个人，在战场上失踪了。没过多久，又来了一封电报，说他已经死了。

我悲伤得无以复加。在那件事发生以前，我一直觉得生命是多么美好，我有一份自己喜欢的工作，并努力带大了这个侄儿。在我看来，他代表了年轻人一切的美好。我觉得我以前的努力，现在都有很好的收获……然而却收到了这两封电报，那一刻，我的整个世界都粉碎了，我觉得再也没有什么理由能够让我活下去。我开始忽视自己的工作，忽视朋友，我抛开了一切，既冷淡又怨恨。

为什么我最疼爱的侄儿会离我而去？为什么一个这么好的孩子却死在战场上？我没有办法接受这个事实。我悲痛欲绝，决定放弃工作，离开我的家乡，把自己藏在眼泪和悔恨之中。

就在我清理桌子、准备辞职的时候，突然看到一封我已经忘了的

信——我已经死了的侄儿以前寄来的信。几年前，我母亲去世的时候，他给我写来一封信。"当然我们都会想念她的，"那封信上说，"尤其是你。不过我知道你会撑过去的，以你个人对人生的看法，就能让你撑过去。我永远也不会忘记那些你教我的美丽的真理：不论活在哪里，不论我们分离得多么远，我永远都会记得你教我要微笑，要像一个男子汉一样承受所发生的一切。"

我把那封信读了一遍又一遍，觉得他似乎就在我的身边，正在对我说话。他好像在对我说："你为什么不照你教给我的办法去做呢？撑下去，不论发生什么事情，把你个人的悲伤藏在微笑底下，继续生活下去。"

于是，我重新回去开始工作。我不再对人冷淡无礼，而是一再对自己说："事情到了这个地步，我没有能力去改变它，不过我能够像他所希望的那样继续活下去。"我把所有的思想和精力都用在工作上，我写信给前方的士兵——别人的儿子们。晚上，我参加成人教育班，因为我要找出新的兴趣，结交新的朋友。朋友们都不敢相信我身上发生的种种变化。我不再为已经永远过去的那些事悲伤，我现在每天的生活都充满了快乐，就像我侄儿要我做到的那样。

讲完这些话，鲁滨逊太太嘴角泛起一丝笑意。

小 故事 大 道理

当我们把心中的悲伤都掩藏在微笑下面时，那么我们就会沐浴在阳光下，而且看不到阴霾。在曲折的人生旅途中，如果我们的内心充满了阳光，用感恩的心看待生活中的不幸，那么即使是再大的挫折和磨难，我们也可以用平静的心去化解抱怨，让我们的生活处处充满欢乐和希望。

亚历山大·谢尔盖耶维奇·普希金（1799—1837）是俄国伟大的民族诗人，19 世纪俄国浪漫主义文学的主要代表，俄国现实主义文学的奠基人，俄国文学语言的创造者，被誉为"俄国文学之父"。

把 心 放 宽

梅琳是美国的一位单身母亲，辛辛苦苦地把儿子抚养大。儿子大学毕业后，又被送到英国留学。完成学业后，儿子进入美国加州一家公司上班，赚钱、买房子，又在那里娶妻生子，建立了美满的家庭，成就了辉煌的事业。

梅琳为此欣慰不已，盘算着退休后，带着退休金前往加州与儿子媳妇一家人团圆。每天早晨可以到公园散步，也可以在家享受晚年的天伦之乐。

于是，她在距离退休不到 3 个月的时候，赶紧给儿子写了一封信，告诉儿子她就要飞往加州和他们一家团聚了。信寄出后，她一边等待儿子的回音，一边把产业、事务逐一处理。

不久，她接到儿子从加州寄来的回信。信一打开，一张支票掉落下来。她捡起来一看，是一张 3 万美元的现金支票。她觉得很奇怪，儿子从来不寄钱给她，而且自己就要到加州去了，怎么还寄支票来？莫非是要给她买机票用的？梅琳心中涌上一丝喜悦，赶紧读信。

只见信上写道："妈妈！我们经过讨论，不欢迎你来加州同住。如果你认为你对我有养育之恩，以市价计算，约为 2 万多美元，现在

我添了一些，寄上一张 3 万美元的支票给你，希望你以后不要再写信来打扰我们。"

梅琳的一颗心由欣喜的巅峰坠入了痛苦的谷底。自己辛辛苦苦抚养儿子，最终却换来了这样的结果。梅琳想到自己老年凄凉如风中残烛，实在难以接受这个事实，眼泪瞬间如水一般流淌出来。

梅琳心情沉重，一下子苍老了很多。透过客厅的窗户，梅琳注目夕阳，忽然有所觉悟：自己一生劳碌，从来没享受过一天轻松的生活，退休后无事一身轻，何不出去透透气？很快，她就振作起来，为自己规划了一次环游世界之旅。

在旅行中，她见到大地之美，看到各州居民不同的生活状态，于是她又寄了一封信给她的儿子。信上写道："你要我别再写信给你，那么这封信就当作是以前所写的信的补充文字好了。我接到了你寄来的现金支票，并用这张支票规划了一次成功的世界之旅。在旅行中，我忽然觉悟，我非常感谢你，感谢你让我懂得了放宽自己的胸襟，让我看到天地之大，自然之美。"

现金支票是专门制作的用于支取现金的一种支票。当客户需要使用现金时，随时签发现金支票，向开户银行提取现金，银行在见票时无条件支付给收款人确定金额的现金的票据。

小故事大道理

一味地心情沉重，抱怨别人，其实是在惩罚自己，倒不如把心放宽，学会感恩生活，享受生活。生命总是不堪重负的，试着把包袱放下，轻松上阵，心情也会跟着变得美好！

不要抱怨顾客

阿迪·达斯勒被公认为现代体育工业的始祖，终生致力于为运动员制作最好的产品。凭着不断的创新精神和克服困难的勇气，他最终建立了与体育运动同步发展的庞大体育用品制造公司。

阿迪·达斯勒的父亲靠祖传的制鞋手艺养活一家四口人，阿迪和鲁道夫兄弟俩帮助父亲做一些零活。一个偶然的机会，一家店主将店房转让给了阿迪·达斯勒兄弟，并可以分期付款。

兄弟俩高兴之余，想到资金仍是个大问题，于是，他们从父亲的作坊搬来几台旧机器，又买来了一些旧的必要工具。这样，兄弟俩正式挂出了"达斯勒制鞋厂"的牌子。

起初，他们以制作一些拖鞋为主。由于设备陈旧、规模太小，再加上兄弟俩刚刚开始从事制鞋行业，经验不足，款式上是模仿别人的老式样，而且种种原因导致生产出来的鞋不好销售。但困境没有让两个年轻人止步，他们想方设法找出矛盾的根源所在，努力走出失败的困境。

聪明的阿迪逐渐意识到，那些成功企业家的秘诀在于牢牢抓住市场，而他们生产的款式已远远落后于当时消费者的需求。

兄弟俩着手寻找自己的市场定位，经过市场调查，终于有了结果：他们应该立足于普通的消费者。因为普通大众大多数是体力劳动者，他们最需要的是既合脚又耐穿的鞋。再加上阿迪是一个体育运动迷，并且深信随着人们生活水平的提高，健康将越来越会成为人们的一种需要，而锻炼身体就离不开运动鞋。

定位已经明确，接下来就是设计生产的问题了。他们把自己的家也搬到了厂里，一个多月后，几种式样新颖、颜色独特的运动鞋面世了。

阿迪兄弟本以为做过大量的市场调查之后生产出的鞋子，一定会畅

销，然而两个年轻人又一次陷入了困境。

当阿迪兄弟俩带着新鞋上街推销时，人们首先对鞋的构造和样式大感新奇，争相一睹为快。可看过之后，真正购买的人却很少，人们看着两个小伙子年轻、陌生的脸孔，带着满脸的不信任离开了。兄弟俩四处奔波，向人们推荐自己精心制作的新款鞋，一连许多天，都没有卖出一双。

可阿迪·达斯勒并没有认输，无穷的勇气与力量陪伴着他们去努力闯过一个个难关。在仔细分析当时的市场形势和自己工厂的现状后，终于找到了解决办法。

兄弟俩商量后决定：把鞋子送往几个居民点，让用户们免费试穿，觉得满意后再向鞋厂付款。

一个星期过去了，用户们毫无音讯。两个星期过去了，还是没有消息。在耐心的等候中，又一个星期过去了，他们现在唯一的办法也只有等待。一天，第一个试穿的顾客终于上门了！他非常满意地告诉阿迪兄弟俩，鞋子穿起来感觉好极了，价钱也很公道。在交了试穿的鞋钱之后，又订购了好几双同型号的鞋。

此后不久，其余的试穿客户也都陆续上门。一时之间，小小的厂房竟然人来人往，络绎不绝。鞋子的销路就此打开了，小厂的影响也渐渐扩大了。阿迪兄弟成功了！

市场调查是指运用科学的方法，有目的、有系统地搜集、记录、整理有关市场营销信息和资料，分析市场情况，了解市场的现状及其发展趋势，为市场预测和营销决策提供客观的、正确的资料。

小 故事 大道理

在遇到不顺利的情况时，千万不要一味地抱怨，抱怨的人通常只看到眼前的痛苦，而忽视长远的发展。要感恩顾客给予我们的磨炼，能够忍受顾客各种各样考验的人，往往才是业务能力最强的人，学会用顾客的要求不断地磨炼自己，不断地提升自己。

感激生命的馈赠

一切都来得那么突然，史蒂文斯失业了。他是个程序员，在软件公司干了8年，他一直以为将在这里做到退休，然后拿着优厚的退休金颐养天年。然而，这一年公司倒闭了。

史蒂文斯的第三个儿子刚刚降生，他感谢上帝的恩赐，同时意识到，重新工作迫在眉睫。作为丈夫和父亲，自己存在的最大意义，就是让妻子和孩子们过得更好。

他的生活开始凌乱不堪，每天的工作就是找工作。一个月过去了，他没找到工作。除了编程，他一无所长。

终于，他在报上看到一家软件公司要招聘程序员，待遇不错。史蒂文斯揣着资料，满怀希望地赶到公司。前来应聘的人数比想象的多，显然，竞争将会异常激烈。经过简单交谈，公司通知他一个星期后参加笔试。

凭着过硬的专业知识，史蒂文斯很轻松地通过了公司的笔试，进入了两天后的面试。他对自己8年的工作经验无比自信，坚信面试不会有太大的麻烦。然而，考官所提问题的出发点并没有围绕着自己熟悉的与编程有关的专业知识，大多都是关于软件业未来发展方向的，而史蒂文斯却从未认真思考过这一问题。

虽然应聘失败了，但史蒂文斯觉得公司对软件业的理解，令他耳目

一新，收获颇多，有必要给公司写封信，以表感谢之情。于是他立即提笔写道："贵公司花费人力、物力，为我提供了笔试、面试的机会。虽然落聘，但通过应聘使我大长见识，获益匪浅。感谢你们为之付出的劳动。谢谢！"

这是一封与众不同的信，落聘的人没有不满，没有因为感觉怀才不遇而有怨言，竟然还给公司写来感谢信，真是闻所未闻。这封信被一级级递到上司的手上，最后送到了总裁的办公桌上。总裁看了信后，一言不发，把它锁进了办公桌的抽屉里。

3个月后，新年来临，史蒂文斯收到了一张精美的新年贺卡，上面写着：尊敬的史蒂文斯先生，如果您愿意，请和我们共度新年。贺卡是他上次应聘的公司寄来的。原来，公司出现空缺，他们首先想到了史蒂文斯。

程序员是从事程序开发、维护的专业人员。一般将程序员分为程序设计人员和程序编码员，但两者的界限并不非常清楚。

小故事大道理

很多人如果应聘失败，往往会抱怨应聘单位，认为自己"怀才不遇"。而史蒂文斯没有，他从落聘中看到的是自己所收获的东西，并用一颗感恩的心表达自己的感激之情，最终获取了意想不到的机会。所以，不要抱怨，却要学会用一颗感恩的心拥抱这个世界！

残 缺 之 外 的 美 丽

这是一场倾倒生命、与生命相遇的演讲会。演讲者站在台上，不时地挥舞着她的双手；仰着头，脖子伸得老长，与她尖尖的下巴扯成一条直线；她的嘴张着，眼睛眯成一条线，诡谲地看着台下的学生；偶尔，她的口中也会咿咿唔唔的，不知在说些什么。

实际上，这位演讲者基本上是个不能说话的人。但她的听力很好，只要对方猜中，或说出了她的想法，她都会乐得大叫一声，伸出右手，用两个指头指着你，或拍着手，歪歪斜斜地向你走来，送你一张用她的画制作的明信片。她就是黄美廉——从小就患有脑性麻痹症。

脑性麻痹症不仅夺去了她肢体的平衡感，也夺走了她发声讲话的能力。黄美廉从小就生活在众多异样的目光之中。她的成长过程，可以

说是一部血泪史。但是，她却没有让这些外在的痛苦击败内在奋斗的精神。相反，她昂然面对，勇敢地迎接一切挑战和挫折，终于获得了美国加州大学艺术博士学位。她用自己的双手当画笔，用色彩告诉人们"寰宇之力与美"，并且灿烂地"活出生命的色彩"。

在这次演讲会上，全场学生都被她难以控制自如的肢体动作震慑住了。就在演讲会准备开始时，一个学生走上前，小声地问道："请问黄博士，您从小就长成这个样子，您怎样看您自己？您难道对命运就没有过怨恨吗？"全场瞬间都沉默下来，所有的人心头都一紧。一个残疾人，在大庭广众之下被当面问及这么尴尬的问题，太伤人了。人们都担心黄美廉会受不了。

"我怎么看自己？"黄美廉吃力地用粉笔在黑板上重重地写下这几个字。写完这个问题，她停下笔来，歪着头，回头看着发问的同学，然后嫣然一笑，又慢慢地回过头在黑板上龙飞凤舞地写了起来：

1、我好可爱！

2、我的腿很长很美！

3、爸爸妈妈很爱我！

4、我会画画！我会写稿！

5、我有只可爱的猫！

……

教室内鸦雀无声，没有人敢讲话。写完这些，她回过头来看着大家，然后又回过头在黑板上写下了她的结论："我只看我所拥有的，不看我所没有的。"

掌声立即从学生群中响起。黄美廉倾斜着身体站在讲台上，满足的笑容从她的嘴角荡漾开来，眼睛眯得更小了，似乎有一种永远都不能被击败的傲然写在脸上。

　　黄美廉出生在我国台湾，出生时由于医生的疏忽，造成脑部神经受到严重伤害，以致颜面、四肢肌肉都失去正常功能。她不能说话，嘴还向一边扭曲，口水也不能止住地流下。14 岁时，她全家移民到美国，她进入洛杉矶市立大学就读，之后转至洛杉矶加州州立大学艺术学院，如今已取得博士学位，成为画家。

小故事大道理

　　传说，每个人在降生的时候，上帝都不舍得放他们走，特别是那些极其优秀的，就像是一颗美丽诱人的苹果，上帝就会情不自禁地咬他们一口——被上帝咬过的，就是那些先天有缺陷的。黄美廉就是被上帝咬了一口，但是她心怀感恩，只看自己所拥有的，忽略自己所欠缺的，所以她赢得了每一个人的尊敬。学会珍惜，学会感恩，那么，残缺也就不再是一种遗憾了。

童话世界里没有抱怨

　　"现代童话之父"安徒生，1805 年出生在丹麦的欧登塞城一个穷鞋匠的家里。从小家境贫寒，安徒生仅上过几年学就辍学了。

　　在他 14 岁那年，有一个大剧团到欧登塞城演出，安徒生第一次看到演出就被深深地吸引住了。后来他去哥本哈根为他的演员梦找出路，却一次次地被拒。因为身上的钱也渐渐花完了，狠心的客店老板娘把他赶了出去。

　　安徒生在绝境中想到了同来哥本哈根的赫曼生夫人，在夫人的安排下，他去一个木匠作坊做了学徒。可是，刚进入作坊他就成了众人的笑料。不堪凌辱的安徒生，愤恨之下离开了作坊，再一次流落街头。

　　有一次，安徒生意外地发现了歌唱家西博尼的地址，渴望舞台的安徒生找到了西博尼，并鼓起勇气给他唱了歌剧《乡村之恋》中的一个咏叹调。在座的音乐家都感慨万千，大家很同情安徒生的遭遇，也非常欣赏他的才华。惠斯先生极力建议西博尼教授收安徒生为徒，西博尼答应了。从此，安徒生进入了西博尼歌唱学校，学习和生活总算有了着落。

　　安徒生有空就去惠斯先生家里阅读莎士比亚、歌德、席勒的名著以及丹麦的古典文学作品。他踌躇满志，以为这回当演员的愿望一定能够实现了，但命运似乎专门与他作对。有一次安徒生得了重感冒，长期的咳嗽毁了他的声带，他不能唱歌了。

　　好强的安徒生并没有因此而放弃，一位诗人看中了他的才干，决心帮助他。在诗人的帮助下，安徒生一边学习拉丁文，一边进行戏剧创作。

　　17 岁的安徒生，写出了悲剧《阿夫索尔》和《维木堡大盗》。《阿夫索尔》被一家文学刊物发表，并被著名的文艺评论家拉贝克教授所赞赏。从此以后，安徒生便走上了文学创作的道路。后来他写了大量的游记、喜剧、诗歌和小说。1835 年，安徒生出版了一部童话集，这本集子一经出版就大受欢迎。于是，安徒生每逢圣诞节就为孩子们奉献一部童话作品，他的童话征服了孩子，也征服了世界。

　　莎士比亚（1564—1616）出生于英国一个富裕的家庭，是文艺复兴时期伟大的剧作家、诗人，代表作有《哈姆雷特》《奥赛罗》《威尼斯商人》等。

　　安徒生被世人称为"世界童话之王""丹麦童话大师"，他的成长经历告诉我们，人不能丧失对生活的憧憬和激情！当的命运把我们带进苦难时，不要抱怨，要用一颗乐观向上的心去面对每一场风雨。用感恩的心，去激发斗志，燃起生命之火，在奋斗中才能体现人生价值。

把 握 好 今 天

　　布朗是一位著名的专业摄影师。他的作品经常出现在许多报纸和杂志上。他对生活的态度与他的作品一样，影响着很多人。然而，他的乐观、积极的生活态度与他多年前经历的一件事情密切相关。

　　20 年前，布朗工作不顺利，家庭也出现了很多问题。有一天下午 4 点左右，他要去一个客户那儿做简报，一个人走在市中心的街上，突然，他听见一长声喇叭和一个女人的尖叫声，他抬起头看见一辆车正朝他面前冲过来。

　　一切仿佛慢动作一般，他呆呆地站在那儿，充满恐惧地望着冲向他的车，他脑子快速闪过……完了！我死定了！就在这千钧一发之际，他感觉有人抓住他把他往后猛拉了一下。几乎同时，车子"嗖"的一声而过，就差几厘米，他甚至还感觉到车子擦过他的外套。差 1 厘米他就会被撞到了，一旦被撞上，那他肯定必死无疑。他转过身，惊魂未定地看着那个救了他一命的人，是一个矮小的老人！

　　布朗可能真是被那个意外吓到了，全身发抖地坐在路旁的椅子上。这时，那个矮小的老人走过来坐在他旁边，关心地问："伤着没有？我

还好。你没事吧？刚才好险呀！"

布朗回答道："我知道，谢谢你救了我一命！我过马路时有点心不在焉。"

老人说："看你刚才一个人走在路上若有所失的样子，一定是被什么烦恼的事所困扰吧。人应该安身立命，活在当下！人的一生不应当时时被烦恼缠绕。"

就在那一瞬间，布朗先生发现了生活的秘密。秘密不是那一刹那，而是'活在那一刹那'。快乐不是花几年、几个月、几个礼拜，甚至几天去找来的，它是从活在当下里面找到的。

摄影师，泛指所有从事相机摄影工作的人，可以是一种职业，以全职、兼职或业余赚取外快，也有的纯为兴趣。专业摄影师包括新闻记者、时装、广告、自然生态、建筑、婚纱摄影师等。

小 故事 大道理

活在当下！所以不要再去抱怨过去的种种，把握好现在，懂得释怀，相信一切都会过去，而当下的自己是最棒的！即使你现在过得很不如意，也没有什么成就，但是只要你肯定自己，你就会发现，你仍然拥有你所拥有的一切。

感谢生活的赐予

尤利乌斯是一个画家，他画快乐的世界，因为他自己就是一个快乐的人。可是，没人买他的画，他想起来就会有点儿伤感，但也只是一会儿。

他的朋友们劝他："玩玩足球彩票吧！只花两马克便可赢很多钱！"于是，尤利乌斯花两马克买了一张彩票，并真的中了彩，他赚了50万马克！

他的朋友都对他说："你瞧！你多走运啊！现在你还经常画画吗？"

"我现在就只画支票上的数字！"尤利乌斯笑道。

尤利乌斯用中彩的50万马克买了一幢别墅并对它进行了一番装饰。

他很有品位，买了许多好东西：阿富汗地毯、维也纳柜橱、佛罗伦萨小桌、迈森瓷器，还有古老的威尼斯吊灯……

尤利乌斯很满足地坐了下来，他点燃一支香烟静静地享受着他的幸福。突然，他感到好孤单，便想去看看朋友。他把烟往地上一扔，在原来那个石头做的画室里他经常这样做，然后他就出去了。

燃烧着的香烟躺在地上，躺在华丽的阿富汗地毯上……一个小时以后，别墅变成一片火的海洋，它完全烧没了。

朋友们很快就知道了这个消息，他们都来安慰尤利乌斯。

"尤利乌斯，真是不幸呀！"他们说。

"怎么不幸了？"他问。

"损失呀！尤利乌斯，你现在什么都没有了。"

"什么呀？不过是损失了两马克。"

马克，全称为德国马克，是原德国的货币名称。2002年1月1日，欧元正式在欧洲使用,马克退出历史舞台。

小 **故事** 大 **道理**

当朋友们为尤利乌斯感到惋惜的时候，乐观的尤利乌斯却不在意，虽然烧毁的是一栋别墅，但是尤利乌斯却只当不过损失了两马克，根本没有影响自己的心情。所以，不论生活会跟我们开什么样的玩笑，只要我们懂得感恩生活曾经给予的一切，保持乐观的心态，就不会让我们感到不幸或者悲伤。

第 七 章
感谢挫折给我们上了人生的必修课

　　没有任何一条人生的道路是平坦的，挫折就是摆在路中间的大石头，只有当你跨过这些大石头时，才会达到理想的目的地。经历挫折是人生的必修课，挫折并不可怕，可怕的是失去了挑战的心。即使失败了100次，仍有希望在101次取得成功。有句话说得好：在哪儿跌倒，就在哪儿爬起来。所以，我们不必害怕挫折，要把每一次失败看成是一种宝贵的财富。只要我们把挫折当作对自己的考验，用挫折鞭策自己，最后就能达到自己理想的目标。

　　受挫折的过程往往就是获得真知的过程，走过崎岖小路，才能真正体味生活的欢乐；穿过茫茫迷雾，才能深切感受阳光的明媚。挫折让我们越挫越勇，一往无前，驶向成功的彼岸。

感恩生活中的荆棘

一场意外的车祸，夺走了她孕育了 4 个月的孩子，而就在这期间，她的丈夫也失去了工作。她的情绪低落到了极点。为什么一切都这么糟糕？为什么生活会这样残酷无情？

这一天是感恩节。她漫无目的地走进一家花店。看着每一朵娇艳欲滴的花朵，她都觉得那是对自己不幸的嘲讽。所以，当花店主人笑盈盈地询问她在感恩节这一天，是不是也想买点花送给亲朋好友表达一下自己的感激之情时，她的郁愤之情冲口而出："我没有什么可感恩的！也不想感谢上帝，我对上帝很生气！"

店员惊异地看看她，然后微笑起来，说："我知道什么对您最合适了。"随后，店员到里面的工作室拿出一束剪得齐齐整整的，缠着漂亮蝴蝶结的一大把又长又多的玫瑰花枝——那些玫瑰花枝被修得整整齐齐，只是上面连一朵花也没有。

她感到很惊奇。店员看出了她的狐疑，说："我把花都给剪掉了。这是我们的特别奉献，我把它叫作感恩节的荆棘花。3 年前，我走进来时感觉与您一样，认为生活太不幸了，没什么是值得感恩的。当时，我的父亲死于癌症，儿子在吸毒，我自己也面临一个大手术，我的先生也在一年前去世了，家庭和事业都摇摇欲坠。我一生中第一次自己一个人过感恩节，没有孩子，没有家人，也没钱去旅游。"

"那怎么办呢？"她问。

"我学会了为生活中的荆棘感恩。"店员沉静地说道，"过去，我一直在为生活中美好的事物而感恩，却从没问过为什么自己会得到那么多好的东西。但是，当灾难降临时，我问了。我花了很长时间才弄明白，原来黑暗的日子对我们的人生来说也是非常重要的。一直以来，我都在享受生活中的'花朵'，但是荆棘使我明白了上帝的安慰是多么美好。你知道吗？《圣经》上说，当我们受苦时，上帝就会安慰我们。借着上帝的安慰，我们也学会了安慰别人。"

她在走出花店时，眼泪从脸颊上流过。她的怀中也是一大束美丽的绿色的"荆棘花"，上面有一张小小的卡片写道：

我的上帝啊，我曾无数次为我生命中的玫瑰而感谢你，却从来没有为我生命中的荆棘而感谢过你。请你教导我关于荆棘的价值，通过我的眼泪，帮助我看到那更加明亮的彩虹。

知识加油站

感恩节，原意是为了感谢上天赐予的好收成。在美国，自 1941 年起，感恩节是在每年 11 月的第四个星期四，并从这一天起将休假两天，和自己的家人团聚。加拿大的感恩节起始于 1879 年，是在每年 10 月的第二个星期一。

小故事大道理

人生总是由幸运和不幸组成的，有时阳光明媚，有时乌云密布。当脚下满是荆棘的时候，我们要做的是学会感恩，感谢命运让我们有这样的经历。因为只有经历了黑暗才能懂得光明的可贵，走过了荆棘才会珍惜花朵的芳香！所以，当灾难和痛苦降临的时候，不要抱怨，不要气馁，抬起头迎上去，挨过长夜之后你会看到新的日出！

磨难让我自强不息

　　格连·康宁罕是美国体育运动史上伟大的长跑运动员。其实在 8 岁那年，他曾因为一场爆炸事故，导致双腿严重受伤，腿上没有一块完整的肌肤。医生曾断言，他此生再也无法行走了。然而，他并没有放弃，而是大声宣示："我一定要站起来！"

　　在床上躺了两个月后，他便开始尝试着下床。他总是背着父母，挂着父亲为他做的两根小拐杖在房间里挪动。钻心的疼痛把他一次次击倒，他摔得遍体鳞伤，但却毫不在乎。因为他坚信，自己一定可以重新站起来，重新走路、奔跑。几个月后，他的两条伤腿慢慢可以屈伸了，他在心底里默默为自己欢呼："我站起来了！我终于站起来了！"

　　他想起了离家两英里的一个湖泊的蓝天碧水和那儿的小伙伴。他一心想去湖泊，于是他就更加顽强地锻炼自己。两年后，他凭借自己的坚韧和毅力，终于走到了那个湖边。

　　从此，他又开始练习跑步，将农场上的牛马作为追逐对象，数年如一日，寒暑不放弃。后来，他的双腿就这样奇迹般地强壮了起来。再后来，他通过不断的锻炼，成了美国历史上有名的长跑运动员。

　　长跑运动是一个需要速度和耐力的综合性项目。长跑运动成绩的好坏来自于两个方面：一是良好的体型和心肺功能等先天素质是运动员出成绩的基，二是后天的专项训练是其运动成绩提高的手段。

小 故事 大 道理

惨遭生活的不幸时，我们需要的是直面挫折的勇气和毅力，不断地磨炼自己，超越自己，奔向人生的新希望。苦难让我们更顽强，我们应该感激生活赐予我们的一切，尤其是苦难。试想，如果我们的生活一帆风顺，那么我们的人生还有什么精彩可言吗？

失 败 是 成 功 前 的 磨 砺

艾柯卡曾是美国汽车业的商业天才。最初他在福特汽车公司任职，因为其卓越的经营才华，地位节节高升，直至坐到了福特公司总裁的位置上。

然而，就在他事业如日中天的时候，福特公司的老板——福特二世却担心自己的公司有一天会被艾柯卡所控制，于是找了个借口，解除了艾柯卡的职务，并开除了他。艾柯卡被迫离开福特公司后，因为才华横溢，很多家世界著名企业的老板都来拜访他，希望他能重新出山。但是，艾柯卡都婉言谢绝了。此刻他心中只有一个目标，那就是：从哪里跌倒，就要从哪里爬起来！

最终，艾柯卡选择了当时濒临破产的汽车公司——克莱斯勒公司。他要向福特二世和所有人证明自己的才能和福特二世的错误。

到了克莱斯勒公司后，艾柯卡一方面对面临破产的克莱斯勒公司进行了大刀阔斧的改革，先后辞退了 32 个副总裁，关闭了几个工厂，还解雇了上千名员工，从而大大节省了公司的开支。整顿后的企业规模虽然小了，但更精干了。

另一方面，艾柯卡用自己那双与生俱来的慧眼，充分洞察人们的消费心理，然后将有限的资金都花在刀刃上，根据市场需要，以最快的

速度推出新型车，从而逐渐与福特、通用三分天下，创造了一个与"哥伦布发现新大陆"同样震惊美国的神话。

1983 年，在美国的一项民意测验中，艾柯卡被推选为"左右美国工业部门的第一号人物"。1984 年，《华尔街日报》进行的"最令人尊敬的经理"调查中，艾柯卡居于首位。同年，克莱斯勒公司赢利 24 亿美元，美国经济界也普遍将该公司的经营好转看作是美国经济复苏的标志。

知识加油站

　　哥伦布是世界著名的航海家，一生从事航海活动。先后移居葡萄牙和西班牙。他认为从欧洲向西航行可到达东方的印度。在西班牙国王的支持下，他先后 4 次出海远航，开辟了横渡大西洋到美洲的航线。哥伦布在帕里亚湾南岸登上美洲大陆，他也因此成了名垂青史的航海家。

小故事大道理

　　艾柯卡的经历告诉我们，失败是一次促进事业成功的磨砺。如果没有在福特公司经历的失败和挫折，那么艾柯卡也就不会有后来步入巅峰的事业！因为失败过，所以更渴望成功；因为失败过，所以也更有动力去超越。感恩失败，感谢它激励我们昂首阔步，去开创新的辉煌！

不轻言放弃

美国著名电台广播员莎莉·拉菲尔在她 30 多年的职业生涯中，曾被辞退过18次。可是，她并没有因此而放弃自己，而是在每次失败后都放眼更高处，确立更远大的目标，最终获得了成功。

最初，由于美国大部分无线电台都认为女性不能吸引听众，所以她在一家电台谋求一份差事后不久就被辞退了。但是，莎莉并未因此而灰心丧气。她用心总结了自己失败的教训，随后就将它们抛之脑后。后来，她不断告诫自己：我不能停滞在从前的失败之中，失败只能属于过去，没有人能预料我的未来！

后来，莎莉又向国家广播公司电台提出了她的节目构想。电台虽然答应了她，但提出要她先在政治台主持节目。这让她有些犹豫，因为她对政治所知不多，她担心主持不好。但是，坚定的信心还是促使她大胆地进行了尝试。她利用自己的长处和平易近人的态度，大谈即将到来的7月4日独立日，这立刻引起了听众的兴趣，她也因此一举成名。

如今，莎莉已经成为自办电视节目的主持人，并两度获得重要主持人的奖项。对于自己获得的成功，莎莉说："我曾被人辞退过18次，本来可能被这些厄运所吓退，做不成我想做的事情。但恰恰相反，我没有放弃努力，我让自己先从往日的失败中走出来，然后以一颗轻松且热情的心，让它们鞭策着我勇往直前。说实话，我很感激那些曾经的失败，是它们让我变得更加坚强和努力。"

小故事 大道理

"不抛弃，不放弃"这句出自电视剧《士兵突击》里的经典台词，相信很多人都知道。它告诉我们，不管遇到多少挫折，遭受多少困苦，都要坚持，不向现实妥协！

被辞退过18次，相信这样的挫折不是每个人都可以坦然面对的，但是莎莉却做到了，她直面失败，最终取得了成功。各种突如其来的意外和打击，可能会让你一蹶不振，对生活感到绝望，但是只要不抛弃，不放弃，人生就可以重新开始，成功也会在不远处向你招手，你也一定会感激曾经的那些失败带给你的勇气和坚强！

知识加油站

7月4日是美国独立日，北美13个殖民地在这一天宣布摆脱英国统治，独立为美利坚合众国。后来，7月4日被定为美国国庆日。每年的这一天，在美国各地都举行隆重的盛典，进行歌舞、体育、游行等活动。

糟糠养贤才

被誉为"汤料食品大王"的尤利乌斯·马吉出生在苏黎世郊外的一个贫穷的农家。

小时候，给他最深记忆的只有两个字：一是"穷"，二是"苦"。那时，家里唯一的家产就是一盘石磨，全家人都要靠它来维持生活。

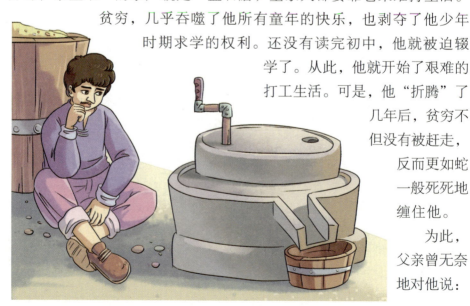

贫穷，几乎吞噬了他所有童年的快乐，也剥夺了他少年时期求学的权利。还没有读完初中，他就被迫辍学了。从此，他就开始了艰难的打工生活。可是，他"折腾"了几年后，贫穷不但没有被赶走，反而更如蛇一般死死地缠住他。

为此，父亲曾无奈地对他说：

"你别再折腾了，认命吧！"可他却说："我绝不会像您那样，一辈子在磨道里转圈圈。"

父亲听后，也只能悲哀地叹息："唉，那你又能怎样？以前不都这样对付着过的吗？难道你还能从石磨里磨出金子来？"

他反驳道："以前是以前，以后，我要磨出一份属于我自己的生活！"说这话时，他的眼里闪出不屈的光芒。

为了改变自己穷苦的命运，获得自己想要的生活，尤利乌斯·马吉绞尽脑汁地想了很多门路，但是结果都失败了。而这时，父亲也因病去世了，留给他的唯一财产，就是那盘简陋的石磨。此后，他常常对着石磨发呆，思索着怎样才能磨出幸福的生活，转出一个圆满的人生。

在尤利乌斯·马吉20岁那年，朋友的一句话点醒了他，终于让他找到了那把打开财富之门的钥匙。这天，他与一位医生好友闲聊，当聊到蔬菜营养时，这位医生说："干蔬菜不会损失营养成分。"就这句话，让他脑袋里灵光一闪，突然想到：如果将干蔬菜和豆类放到一起来磨，会是什么样呢？没准还能磨出一种营养丰富的汤料呢！说干就干，他马上开始着手磨自己想象中的那种汤料，结果大获成功。

这种速溶汤料刚被投放市场，就备受顾客欢迎。因为这种汤料方便快捷，只要5分钟就能做出一盆营养丰富的香汤来。但是，这并没有让他满足，随后他又开发出数十种速溶汤料，继而又开发出万能调味粉、浓缩食品等高档产品，产品迅速畅销欧洲市场。

　　石磨，是用于把米、麦、豆等粮食加工成粉、浆的一种工具。通常由两个圆石做成。磨是平面的两层，两层的接合处都有纹理，粮食从上方的孔进入两层中间，沿着纹理向外运移，在滚动过两层面时被磨碎，形成粉末。

小 故事 大 道理

贫穷是我们成就事业最有力的基础，它就像一台运动器械，可以锻炼人，使人体格强健。美国钢铁大王安德鲁·卡内基说："一个年轻人最大的财富莫过于出生于贫穷之家。"贫穷，让我们坚强，催我们奋进，虽然贫穷无法选择，但我们却可以选择对待贫穷的态度！与贫穷抗争的日子，将是我们一生都无法用完的财富。从这个意义上说，贫穷是我们改变自身状况的动力，因而值得我们感谢。

乐观面对人生的黑暗

斯蒂芬·威廉·霍金，1942年1月8日出生，曾先后毕业于牛津大学和剑桥大学三一学院，并获得剑桥大学哲学博士学位。然而就在霍金考入剑桥大学读博士后时，他突然生病了。在他21岁生日后不久，即被医生告知他患了一种极其特殊的运动神经细胞病。

在一次学术报告会上，当有人充满悲悯地问及这位在轮椅上生活了30多年的科学巨匠，"霍金先生，卢迦雷氏病已将您永远固定在轮椅上了，您不认为命运让您失去的太多了吗？"霍金先生带着恬静的微笑，用还能活动的手指，艰难地叩击键盘，写下了如下文字："我的手指还能活动，我的大脑还能思维，我有终生追求的理想，有我爱和爱我的亲人和朋友；对了，我还有一颗感恩的心。"

生活给予霍金的苦难太多太多了，但他乐观顽强地与生活做斗争。而支撑着他去努力开拓自己人生道路的，就是"爱"与"感恩"。

然而，疾病并未将霍金击倒，反而让他更加成熟。在科学上，他日益进取，形成了他一生当中最著名的宇宙大爆炸理论和黑洞理论，获得了巨大的成就。1974年，霍金当选为皇家学会最年轻的会员；1975年，霍金成为美国加利福尼亚理工学院费尔柴尔德讲座功勋学者；1978年，霍金获得世界理论物理研究的最高奖——爱因斯坦奖；1988年，霍金完成了科普著作《时间简史》，到1995年10月，该书发行量已经超过2 500万册，并被译成几十种语言。

1985年，霍金完全丧失了语言能力，表达思想的唯一工具就是一台电脑声音合成器。他用仅能活动的几个手指操纵着一个特制的鼠标，在电脑屏幕上选择字母、单词来造句，然后通过电脑播放出声音。通常，他制造一个句子要五六分钟，为了合成一个小时的录音演讲要准备10天！

但是他依然感恩地说道："以前，我的声音模糊到这种程度，做讲演和学术报告不得不通过另一个人，通常是我的一名能理解我的研究生，由他来宣读我的讲稿。然而，1985年我动了一次手术后，就完全丧失了讲话能力。我在一段时间内就没有了任何交流手段。后来，人们为我安装了一个计算机系统和高质量的语言合成器。让我感到惊讶的是，我发现自己居然成了一名成功的公众演讲家！"

"我的手指还能活动，

我的大脑还能思维，

我有终生追求的理想，

有我爱和爱我的亲人和朋友；

对了，我还有一颗感恩的心……"

斯蒂芬·威廉·霍金，英国剑桥大学应用数学及理论物理学系教授，当代最重要的广义相对论和宇宙论家。20世纪70年代，他与彭罗斯一起证明了著名的奇性定理，并共同获得了1988年的沃尔夫物理奖。霍金被誉为是继爱因斯坦之后世界上最著名的科学思想家和最杰出的理论物理学家。

小 故事 大 道理

不抱怨，不悲观，即使面临人生最痛苦的折磨，也能满怀乐观，勇敢面对。只要具备面对人间厄运的信念和足够的能量，我们就不会被任何艰难困苦打倒！科学巨匠霍金身体瘫痪，也不抱怨上天对他的不公，仍怀有一颗感恩的心，真是令人敬佩！

无法消磨的意志

史坦雷先生是美国鼎鼎大名的玉蜀黍大王。他16岁的时候，在一家著名的五金公司当收银员，每个月领着极其微薄的薪水，但仍然心满意足地卖力工作，因为他希望能通过自己脚踏实地的工作，自己可以步步高升，最终成就一番事业。所以他做起事来，永远抱着学习的态度，处处小心留意，想把工作做得十分完美。他希望能够获得经理的赏识，提升他为推销员。谁知他的经理对他的印象却恰好相反。

有一天，他被叫进经理室遭到了一顿训斥，经理告诉他说："老实说，你这种人根本不配做生意。你的臂力健硕无比，我劝你还是到铁厂里当一名工人去吧！我这里用不着你了。"

这一番训斥侮辱，对于那位小店员来说真如平地响雷，他想不到素来自以为做得不错的成绩，会得到这样相反的结果。一个年轻气盛的人，踏入社会不久，便遭受这样沉重的打击，换了别人谁也受不了。他们定将气得暴跳如雷，此后做起任何事情来，都要抱着消极的态度，不肯"劳而无功"了。但那位青年并没有这样做，他虽被辞退，但仍有他自己的理想。他要在被击倒的地方重新爬起来，争取更大的成绩。

"是的，经理，"他说，"你当然有权将我辞退，但你无法消磨我的意志。你说我无用，当然，这也是你的自由，但这丝毫不减损我的能力。看着吧！迟早我要开一家公司，规模比你的大10倍。"

他并没有吹牛，他说的句句是实话，从此他借着这次打击的激励，努力上进，几年后，果然有了惊人的成就。

假使没有这次的刺激，史坦雷先生当然也会努力奉公，力求上进的，但即使他能如愿以偿，结局也不过是他成了一名五金公司的推销员而已。可是他在经理的一顿训斥后惊醒，立刻打消了他那"心满意足"的心理，抓住了更大的目标。这才能从一个无名的小店员，一跃而成为世界闻名的"大王"。

知识加油站

玉蜀黍，也就是玉米，原产于中美洲，是印第安人培育的主要粮食作物，喜高温，16世纪时经葡萄牙传入中国。玉米在中国的播种面积很大，分布也很广，曾经是中国北方和西南山区及其他旱谷地区人民的主要粮食之一，现在基本用来做饲料和其他工业原料。

小故事大道理

一个懂得感恩的人，同样会感恩生活所带给他们的挫折和磨难，伟大人物的最明显的标志，就是他们坚强的意志，不管环境变换到何种地步，他们的初衷与希望仍不会有丝毫的改变，他们把一切恶劣的环境看成是生活的考验，最终克服障碍，生活回报给他们的就是让他们达到期望的目的。

战胜自己

美国总统西奥多·罗斯福幼年体弱多病，严重的气喘病使他经常睡不好觉，一度几乎要了他的命。他不能像正常的孩子那样到室外玩耍和游戏，只能待在家里与书籍画册为伴。

后来，父亲决定让他通过锻炼来增强体魄。一天，他对罗斯福说："锻炼好自己的身体是件极苦的事情，但我知道你能做得到。"当时罗斯福回答说："我会锻炼好我的身体。"

这一简洁的答复，对罗斯福的人生道路有着至关重要的意义。可以说，美国历史上那位文武兼备、外勇内秀的总统，是从这一刻开始造就的。

父亲为他在住所的二楼装备了一间健身房。健身房位置极佳，南窗下是巨大的花园，清风徐徐，花草树木的清香隐约可闻，令人神清气爽。罗斯福每天除了在附近的体育馆进行锻炼外，大部分时间都在这里度过。

经过长期刻苦的锻炼，罗斯福像是变了一个人。他体格强壮，争勇好斗，对拳击、划艇、骑马、打猎、探险、打球都有着强烈的兴趣。他攀登过瑞士的马特合恩峰，在达科他州的草原上放过牧，在非洲原野狩猎，到巴西丛林探险，还率领美国骑兵团在古巴战场上冲锋陷阵。

这些经历为罗斯福一生的事业奠定了体能上的基础，也磨炼了他的性格。他从不向任何困难低头，敢于向任何对手挑战。在这种精神的鼓舞下，罗斯福开始投身政治。1901年9月6日，麦金莱总统被无政府主义者刺杀，9月14日不治身亡。罗斯福补位登上总统宝座，成为美国历史上最年轻的总统。

西奥多·罗斯福（1858—1919），人称老罗斯福，美国军事家、政治家，第 26 任总统。曾任海军副部长，1900 年当选副总统。1901 年总统威廉·麦金莱被无政府主义者刺杀身亡，罗斯福继任成为美国总统，时年 42 岁。他的独特个性和改革主义政策，使他成为美国历史上最伟大的总统之一。美国第 31 任、第 32 任总统富兰克林·德兰诺·罗斯福（1882—1945），人称小罗斯福。小罗斯福是老罗斯福的远房堂弟。

小故事大道理

常言道，经历了风雨，方能见彩虹。罗斯福从少年起就和厄运抗争，他不断地战胜自己，最终走向了成功。巴尔扎克说，苦难是人生的老师。其实，苦难并不可怕，可怕的是失去了面对苦难的勇气。当你战胜苦难，走向成功时，你会觉得遇到苦难也是一种福，内心感谢它给你带来了成功后的喜悦。

"文坛国王"的一生

巴尔扎克，一生坎坷，从小就缺乏母爱。母亲对他冷漠无情，他好像是家里多余的人。巴尔扎克后来回忆这段生活，曾愤愤地说："我从来不知道什么叫母爱。我经历了人的命运中所遭受的最可怕的童年。"他立志长大以后要从事清苦的文学创作，当一个"文坛国王"。

从 1819 年夏天开始，他整天在一间阁楼里伏案写作。阁楼咫尺见方。他的居所简陋寒酸，夏天热腾腾，冬天寒风嗖嗖。他没有白天，没有黑夜，没有娱乐，总是不停地写。结果在与书商打交道过程中不断受骗，以致负债累累，债务高达10万法郎。为了躲债，他6次迁居。他对朋友说："我经常为一点面包、蜡烛和纸张发愁。债主迫害我像迫害兔子一样。我常像兔子一样四处奔跑。"巴尔扎克，一生勤奋写作，常常连续工作达18小时。在不到20年的时间里，他共创作了91部小说，在世界上有着广泛影响，但他一生却是在贫困和痛苦中度过的。他曾用一句话概括自己："一生的劳动都在痛苦和贫困中度过。经常不为人理解。"

1850年8月21日，在巴尔扎克的葬礼上，雨果所致的悼词中有这样的话："在伟大的人物中间，巴尔扎克是最伟大的一个；在优秀的人物中间，巴尔扎克是最优秀的一个……可叹啊！这个坚强的、永远不停止奋斗的哲学家、思想家、诗人、天才作家。在我们中间，他过着风风雨雨的生活，遭逢了在任何时代一切伟人都遭逢过的恶斗和不幸。如今，他走了，他走出了纷扰和痛苦。"

　　奥诺雷·德·巴尔扎克（1799—1850），法国19世纪伟大的批判现实主义作家，欧洲批判现实主义文学的奠基人和杰出代表，法国现实主义文学成就最高者之一。他创作的《人间喜剧》共90余部小说，充分展示了19世纪上半叶法国社会生活，是人类文学史上罕见的文学丰碑，被称为法国社会的"百科全书"。

　　伟大的天才作家巴尔扎克，小时候就缺乏母爱，长大了又受尽磨难，但他不屈不挠，最终成就了自己的梦想，成了真正的"文坛国王"！命运总是难免坎坷，只要我们拥有坚韧不拔的信念，努力去克服前进道路上的障碍，那么我们就一定会走向成功。

永不放弃的人生

吉米·哈里波斯是美国颇具传奇色彩的伟大赛车手。他从很小的时候起，就梦想着有一天自己能够成为一名出色的赛车手。退役之后，他选择到一家农场开车。在工作之余，他仍一直坚持参加一支业余赛车队的技能训练。

有一年，他参加了威斯康星州的赛车比赛。当赛程进行到一半多的时候，他的赛车位列第三，有很大的希望在这次比赛中获得好名次。突然，他前面那两辆赛车发生了相撞事故，他迅速地转动赛车的方向盘，试图避开他们，但因为车速太快，他撞到了车道旁的墙壁上，赛车在燃烧中停了下来。

当他被救出来时，手已经被烧焦，鼻子也不见了，体表烧伤面积达40%。医生给他做了7个小时的手术，才将他从死神的手中拉回来。经历了这次事故，他的手萎缩得像鸡爪一样。医生告诉他说："以后，你再也不能开车了。"

但是，面对这样的噩耗，他

并没有灰心绝望。

为了实现那个久远的梦想，他决心再一次为成功付出代价。他接受了一系列植皮手术，为了恢复手指的灵活性，每天他都不停地用残余部分去抓木条，有时疼得浑身大汗淋漓，但他仍然坚持着。在做完最后一次手术之后，他回到了农场，用开推土机的办法使自己的手掌重新磨出老茧，并继续练习赛车。

仅仅在9个月之后，他又重返了赛场！在一次全程200英里的汽车比赛中，他取得了第二名的成绩。

又过了两个月，在上次发生事故的那个赛场上，经过一番激烈角逐，他最终赢得了250英里比赛的冠军。

当吉米第一次以冠军的姿态面对热情而疯狂的观众时，他流下了激动的眼泪。记者纷纷将他围住，并向他提出了一个相同的问题："你在遭到那次沉重的打击之后，是什么力量使你重新振作起来的呢？"

此时，吉米手中拿着一张此次比赛的招贴图片，上面是一辆赛车迎着朝阳飞驰。他微笑着用黑色的钢笔在图片的背面写上一句凝重的话：把失败写在背面。相信自己一定能成功！

知识加油站

赛车运动起源距今已有超过100年的历史。最早的赛车比赛是在城市间的公路上进行的。许多车手因为带有极大的危险性的公路比赛而丧生，于是专业比赛赛道应运而生。第一场赛车比赛于1887年4月20日在巴黎举行。

小故事大道理

遇到挫折，有的人可以重新站起来，走向新的辉煌，就像吉米；有的人却从此失去信念，一蹶不振，甚至失去活下去的勇气。这世界很公平，每个人都不可能一帆风顺，关键就看在挫折面前，你是怎样的态度。

第 八 章
感谢逆境把我们磨砺得更加坚强

人生的道路不可能总是一帆风顺。有顺利的时候，必然就有不顺利的时候。遭遇逆境，就要低头和退缩吗？我们不能被残酷的命运所击倒。现实越是残酷，我们就越要坚强，即使身临绝境，也要咬紧牙关去找寻最后的一丝希望。

有很多人，在遭遇逆境的时候，被残酷的命运折磨得痛苦不堪，他们忍受着常人难以忍受的苦难，但是他们始终微笑着，从不屈服，怀着感恩的心去看待一切。他们是勇敢的，他们是强大的，任何磨难对他们来说都是一种历练，都是伴着他们走向成功的垫脚石！

从逆境中崛起

田中连自己的名字都不会写，却在大阪的一所中学当了几十年的校工。

尽管工资并不多，但他很满足生活为他所安排的一切。就在他快要退休时，新上任的校长却以他"连字都不认识，却在校园工作，太不可思议了"为由，将他辞退了。

原本平静的生活起了波澜，田中恋恋不舍地离开了校园。

像往常一样，他去为自己的晚餐买半磅香肠，但快到食品店门前时，他想起食品店已经关门多日了。不巧的是，附近街区竟然没有第二家卖香肠的店。忽然，一个念头在他脑海里闪过——为什么我不开一家专卖香肠的小店呢？他很快拿出自己仅有的一点积蓄开了一家食品店，专门卖起香肠来。

因为田中灵活多变的经营，10 年后，公司发展成了一家大型的熟食加工公司，田中也成了公司的总裁，步入了成功人士的行列。他的香肠连锁店遍及大阪的大街小巷，并且是产、供、销"一条龙"服务，颇有名气的田中香肠制作技术学校也应运而生。

一天，当年辞退他的校长得知这位著名的董事长识字不多时，便十分敬佩地称赞他："田中先生，您没有受过正规的学校教育，却拥有如此成功的事业，实在是太不可思议了。"

田中诚恳地回答："真感谢您当初辞退了我，让我摔了跟头，从那之后我才认识到自己还能干更多的事情。否则，我现在肯定还是一位靠一点退休金过日子的校工。"

知识加油站

大阪位于日本本州岛中西部，是日本重要的港市，也是日本第二大经济中心。由于其运河网发达，又被称为"水都"。

小故事大道理

逆境可以锻炼一个人的品格，也可以激发一个人向上发展的勇气和潜力。俗话说，世上没有过不去的坎。大凡成功者都像田中一样，是从逆境中崛起的。不管陷入怎样的逆境，不要让冷酷的命运凌辱我们，应该以积极的态度迎难而上。

活出精彩人生

汶川大地震后的第 6 天，多个部委和央视联合举办了"爱的奉献"募捐晚会。在接受现场采访时，有人出人意料地向汶川地震灾区的捐赠数额已达 1 亿元。这令当时所有的人心里都感到一种莫名的感动。这个人就是张祥青。

从那以后，人们开始在网上搜寻所有关于张祥青的消息，因为那一刻所有的中国人都为他而感动。原来，张祥青出生在唐山市丰南区胥各庄。就在 32 年前，唐山市丰南区胥各庄是震惊世界的唐山大地震的震中。在这场劫难中，张祥青的母亲和五弟被废墟掩埋，不幸遇难，被砸成重伤的父亲也因伤势过重去世。

那时，张祥青只有 7 岁，他是从母亲在废墟里弯着的身子下被救出来的。从瓦砾中扒出来时，张祥青被吓坏了，只是哭着找妈妈。举目望去，周围没有一点声音，只有零星的一些人呆立在屋顶上，黑暗的天空下起瓢泼大雨，令所有的一切笼罩在无限的悲痛之中。地震，让

张祥青成了孤儿，成了唐山大地震中幸存的 4 204 名孤儿中的一员。

　　年幼的张祥青跟着已经成家的大哥一起生活，其他哥哥姐姐也都帮着拉扯这个最小的弟弟。张祥青脖子上经常挂着一把哥哥给他配的钥匙，整天自己上学自己回家。没有了父母的庇护，他们的日子过得非常贫苦。为了生计，小时候，张祥青捡过破烂、打过猪草、卖过冰棍……为的是自己挣钱上学。初中还没毕业他就辍学了。受政府的照顾，他进入当地一家小铁厂，成为厂里年龄最小的学徒工。那年他虽然已长得人高马大，但年龄才只有 15 岁。18 岁那年，刚刚成年的张祥青结束了铁厂的生活，到三哥当兵的地方——石家庄，学习做豆腐的手艺。

　　但是，从省城学来的手艺做出来的豆腐并不受当地人的欢迎，成本也高。不甘失败的张祥青没有气馁，他走街串巷买别人的豆腐"品尝"。终于有一天，张祥青发现小稻地村的兰师傅家的豆腐很香，于是他找到人家，"大爷，您做的豆腐最好吃，让我学学成不？"见兰师傅没有吐口，张祥青缠着请他吃了顿"认师"水饺，这样，兰师傅收了这个学徒。很快，他就把从石家庄学来的手艺和兰师傅的手法融合到一起，做出了整个胥各庄最好吃的豆腐。

　　1989 年，张祥青结婚了。小两口靠卖早点维持生计。日复一日，年复一年，辛勤的付出获得了回报，夫妻俩不到两年就有了 30 万元的积蓄。1991 年底，他把目光转向废钢生意。经过 10 多年的艰苦创业，2007 年张祥青荣登"胡润百富榜"，并以个人资产 130 亿元在民营钢铁行业中排全国第二位，被人们誉为"钢铁大王"。

　　"胡润百富榜" 由胡润于 1999 年创立，是中国推出的第一个财富排行榜，也是现在国内财经榜单里影响最大的一个榜单。

小 故事 大道理

　　地震带给张祥青的打击是残酷的，不仅让他成了孤儿，而且要忍受生活的拮据困顿。但是，他却怀着一颗感恩的心，活出了属于自己的精彩！而且，自己富足了也不忘本，帮助那些和自己经历着相同遭遇的人，把爱心的种子撒遍大地。

破 茧 成 蝶

　　让·克雷蒂安是加拿大第一位连任两届的总理。

　　他小时候说话口吃，曾因疾病导致左脸局部麻痹，嘴角畸形，讲话时嘴巴总是向一边歪，而且还有一只耳朵失聪。

　　有一次，克雷蒂安听说，嘴里含着小石子讲话可以矫正口吃。于是克雷蒂安就整日在嘴里含着一块小石子练习讲话，以致嘴巴和舌头都被石子磨烂了。母亲看后心疼得直流眼泪，并为此陷入深深的痛苦之中：一个来到世界上没几年的孩子，就要忍受不幸命运的折磨，他以后怎么生活啊？她抱着儿子说："克雷蒂安，不要练了，妈妈会一辈子陪着你。"克雷蒂安一边替妈妈擦干眼泪，一边坚强地说："妈妈，书上说，每一只漂亮的蝴蝶，都是自己冲破束缚它的茧之后才变成的，如果别人把茧剪开一道口，由茧变成了的蝴蝶是不美丽的，我要做一只美丽的蝴蝶。"

　　也许克雷蒂安注定是个生活的强者，他比一般的孩子更快地走向成熟，他默默地忍受着别的孩子的嘲笑、讥讽的话语和目光，他自卑，但更有奋发图强的意志，当别的孩子在玩具中打发时间时，他却沉浸在书本中，在他读的书中有很大一部分是成人读物，他却读得津津有味，因为他从中学到了坚强，学到了一种永不放弃的精神。

功夫不负有心人，经过长期的磨炼，克雷蒂安终于能够流利地讲话了。他勤奋并善良，中学毕业时他不仅取得了优异的成绩，而且还获得了好人缘。

1993年10月，克雷蒂安参加全国总理大选时，他的对手大力攻击、嘲笑他的脸部缺陷，对手曾极不道德、带有人格侮辱地说："你们要这样的人来当你们的总理吗？"然而，对手的这种恶意攻击却招致大部分选民的愤怒和谴责，既而导致其人气大幅下降。当人们知道克雷蒂安的成长经历后，都给予他极大的同情和尊敬，从而获得了极高的人气。

在竞争演说中，克雷蒂安诚恳地对选民说："我要带领国家和人民成为一只美丽的蝴蝶。"最后，他以高票当选为加拿大总理，1997年成功连任，并被加拿大人民称为"蝴蝶总理"。

知识加油站

口吃通称结巴，它牵涉到遗传基因、神经生理发育、心理压力和语言行为等诸多方面，是一种非常复杂的语言失调症。美国总统林肯天生说话有口吃，他自从立志要做律师之后，深深地了解了口才的重要性，从此每天到海边对着大海练习演讲。最后，他不仅成为一位声名显赫的律师，而且成了美国有史以来最让人怀念的一位总统。

小故事大道理

别林斯基说："不幸是一所最好的大学。"人不能因为残酷的现实而畏缩不前，轻言放弃。只要我们能一直坚持，把一切苦难都当机遇看待，全力做好每一件事，总会把事情做得更好。克雷蒂安没有抱怨现实对他的无情，懂得感恩生活，善待周围的人，因而有了好人缘，赢得了人们对他的同情和尊敬，最终以高票当选为总理。

面 对 残 酷 的 现 实

在一个晴朗的日子里，格尔找到了牧师。由于经济破产和从小落下的残疾，格尔觉得人生已索然无味。

牧师已经疾病缠身了，一年前突然身患脑出血，彻底摧残了他的健康，并遗留下右侧偏瘫和失语等症状，医生断言他再也不能说话了。然而就在病后几周，他就重新练习讲话和行走，最终能和正常人一样讲话和行走了。

牧师耐心听完了格尔的倾诉。"是的，不幸的经历使你心灵充满创伤，你现在生活的主要内容就是叹息，并想从叹息中寻找安慰。"他闪烁的目光始终激励着格尔，"有些人不善于抛开痛苦，他们被痛苦缠绕一生直至毁灭，但是，有些人却能够从悲

哀的情感中感受生命的坚毅，从而恢复生活的信心。"

"让我给你看样东西。"他说着向窗外指去。那边矗立着一排高大的枫树，在枫树间悬吊着一些陈旧的粗绳索。他说，"60年前，这里的庄园主种下这些树护卫牧场，他在树间牵拉了许多粗绳索。对于幼树嫩弱的生命来说，这太残酷了，这个创伤无疑是终身的。有些树面对残忍现实，能与命运抗争，而有一些树消极地诅咒命运，结果就完全不同了。"

牧师手指着那棵被绳索损伤已枯萎的老树说："为什么那棵树毁掉了，而这一棵树已成为绳索的主宰而不是它的牺牲品呢？"眼前这棵粗壮的枫树看不出有什么疤痕，所看到的是绳索穿过树干，几乎像钻了一个洞似的，真是一个奇迹。

"关于这些树，我想过许多。"牧师说，"只有体内强大的生命力才可能战胜像绳索带来的那样终身的创伤，而不是自己毁掉这宝贵的生命。"牧师沉思了一会儿后，又说："对于人，有很多解忧的方法。在痛苦的时候，找个朋友倾诉，找些活干。对待不幸，要有一个清醒而客观的认识，尽量抛掉那些怨恨情绪的负担。有一点也许是最重要的，也是最困难的：你应尽一切努力愉悦自己，真正地爱自己，并抓住机会磨炼自己。"

知识加油站

牧师，一般是指在基督新教的教会中，专职负责带领及照顾其他基督徒的人。成为牧师必须接受基督教洗礼，进入神学院学习。

小 故事 大道理

对于很多人来说，苦难是残酷的，如果你能利用它磨炼自己，那么苦难将会变成一种"馈赠"，使你从中有所收获。不管你遭遇怎样的磨难，都要像文中的牧师那样去面对，不断与命运抗争，你的生命才会更加充盈，更加饱满！

用坚强战胜命运

胡春香出生在云南一个普通的家庭里，她一出生就无手无脚，手脚的末端只是圆秃秃的肉球。8岁时，她已经懂事了，看到别人都有手有脚，而自己却是一个残疾，她想到了死。可悲的是，她无法找到死亡的方法。用头撞墙，但没有四肢的支撑；绝食，又遭到母亲的怒骂："我千辛万苦拉扯你8年了……"看着母亲辛酸的眼泪，她决定要像一个正常人一样活下去！

她开始练习拿筷子。她先将一只手臂放在桌边，然后再用另一只手臂从桌面上将筷子滑过去，然后两个肉球合在一起。先从用一根筷子开始，再到用两根筷子。日复一日，血痕复血痕，一年后，她终于吃到了自己用筷子夹起的第一口饭。

学会用筷子后，她又开始学走路。她先将腿直立在地面上，努力保持身体的平衡。与地面接触的部位从血痕到血泡，从血泡又到厚茧。摔倒了爬起来，爬起后又摔倒，血水夹着汗水，汗水夹着泪水。一年后，她终于又学会了自己走路。

也就是在这一年，胡春香又有了读书的念头。在父母及老师的帮助下，她成了学校的一名"编外生"。于是，她用胶皮缠住腿，不论寒暑和风雨，她都早早到校。她用残缺的手臂末端夹笔写字，付出了比常人多出10倍的努力，从小学到初中，再到自学财务大专。

1988年，云南省的一家工厂破格录取胡春香为会计。后来，为了回报父母的养育之恩，她放弃工作回到了父母身边。回家后，她自谋生路，贩卖水果。再后来，她不仅成了远近闻名的孝女，还找了一个高大健康的丈夫，并生育了一对可爱的儿女。

编外生是学校报给教育局审批通过的招生名额满了以后，由于种种原因，学校多招收了一部分学生，这部分学生统称为编外生。

小故事大道理

生活的魔爪残酷地夺去了胡春香的手脚，她所承受的苦难是巨大的。但她并没有被打倒，而是一次次地与命运抗争，从练习拿筷子，到练习走路，再到开始上学，那些常人根本难以想象的困难，都被她以非凡的毅力各个击破。最终，她不仅孝敬了父母，也过上了正常人的幸福生活。可见，生活越是残酷，我们越要坚强，怀着一颗感恩的心，乐观地面对一切！

用生命演奏灵魂

世界超级小提琴家帕格尼尼，是一位善于用苦难的琴弦将才能演奏到极致的奇人。

帕格尼尼的人生是充满苦难的。在他4岁时，一场麻疹和强直性昏厥症，差点要了他的命；7岁时，他又患上了严重的肺炎，不得不进行放血治疗；46岁时，他的牙床突然长满脓疮，只好拔掉几乎所有的牙齿。牙病刚好，他又染上了可怕的眼疾，幼小的儿子成了他手中的拐杖。年过半百后，关节炎、肠胃炎等多种疾病又时刻吞噬着他的肌体。

后来，他的声带也坏掉了，只能靠儿子按口型翻译他的思想。他只活了58岁。

面对种种困境，帕格尼尼并没有沉沦。他不仅用独特的指法、弓法和充满魔力的旋律征服了整个世界，而且发展了指挥艺术，创作出《随想曲》《无穷动》《女巫之舞》和6部小提琴协奏曲，以及许多闻名世界的吉他演奏曲。

欧洲所有像大仲马、肖邦、巴尔扎克、司汤达等世界著名的文学艺术大师，几乎都听过帕格尼尼的演奏曲，并为之感动。音乐评论家勃拉兹称他是"操琴弓的魔术师"，歌德评价他是"在琴弦上展现了火一样的灵魂"，李斯特大喊："天啊，在这四根琴弦中包含着多少苦难、痛苦和受到残害地挣扎着的生灵啊！"

知识加油站

麻疹是儿童最常见的急性呼吸道疾病之一，传染性很强。在人口密集而未普种疫苗的地区易流行，2～3年发生一次大流行。临床上以发热、皮肤出现红色斑丘疹等为特征。我国自1965年开始普种麻疹减毒活疫苗，现已控制了大范围流行。

小故事大道理

在生命最脆弱的时候，有人可以创造生命的奇迹；在生命最艰难的时候，有人可以开创全新的未来。那么，身体健全、平顺无灾的我们，又怎能因为遇到一点挫折和痛苦就绝望不已、颓废丧气呢？不管面临怎样的不幸或者灾难，只要坚守信念，心怀感恩，那么一切苦难就都微不足道了。

微笑着承受

艾伦曾在伯明翰的一家汽车公司上班。很不幸，一次机器故障导致他的右眼被击伤，抢救后还是没能保住，医生摘除了他的右眼球。艾伦原本是一个十分乐观的人，此后变成了一个沉默寡言的人。他害怕见到任何人，因为他怕别人看到他的眼睛嘲笑他。

他的妻子爱玛负担起了家庭的所有开支，在晚上又兼职赚钱。她很在乎这个家，爱着自己的丈夫，想让全家过得和以前一样。爱玛觉得丈夫心中的阴影总会消除的，那只是时间问题。

糟糕的是，艾伦的另一只眼睛的视力也受到了影响。在一个阳光灿烂的早晨，艾伦问妻子谁在院子里踢球时，爱玛惊讶地看着丈夫和正在踢球的儿子。在以前，儿子即使到更远的地方，他也能看到。爱玛什么也没有说，只是走近丈夫，轻轻地抱住他的头。其实，爱玛早就知道这种后果，只是她怕丈夫受不了打击而要求医生不要告诉他。

艾伦知道自己要失明后，反而镇静多了，这一点爱玛也感到奇怪。

爱玛知道艾伦能

见到光明的日子已经不多了，她想为丈夫做点什么。她每天把自己和儿子打扮得漂漂亮亮的，还经常去美容院。在艾伦面前，不论她心里多么悲伤，她总是努力微笑。

爱玛想把家具和墙壁粉刷一遍，让艾伦的心中永远有一个新家，于是她就请了一个油漆匠。油漆匠工作很认真，一边干活还一边吹着口哨。他干了一个星期，终于把所有的家具和墙壁刷好了，他也知道了艾伦的情况。

油漆匠对艾伦说："对不起，我干得很慢。"

艾伦说："你天天那么开心，我也为此感到高兴。"

算工钱的时候，油漆匠少算了 50 英镑。

爱玛和艾伦不愿意，坚持要多付 50 英镑。

油漆匠说："我已经多拿了，一个等待失明的人还那么平静，你告诉了我什么叫勇气。"艾伦说："我也知道了原来残疾人也可以自食其力，并生活得很快乐。"

原来，油漆匠只有一只手。

视力是指视网膜分辨影像的能力。视力的好坏由视网膜分辨影像能力的大小来判定，很多人都以为只要视力能达到 1.0 以上就算是正常了。实际上，1.0 的视力只能说明人的部分视力正常。

小故事大道理

哀莫大于心死。只要自己还持有一颗乐观、充满希望的心，就算再大的不幸，也能微笑面对。要学会知足常乐，感恩现实，享受生活。如果做到了这一点，那么你的人生必然是五彩缤纷的。

别被残酷的命运打倒

汤姆一生下来，就只有半只左脚和一只畸形的右手。

父母从来不让他因为自己的残疾而感到不安，经常对汤姆说，他没有什么是不能做的，并且常常训练他做别的男孩能做的事。结果是任何男孩能做的事他都能做。如果童子军团行军10里，汤姆也同样能走完10里。

后来，在他踢橄榄球的时候发现，他能把球踢得比任何一个在一起玩的男孩子都远。他请人为他专门设计了一只鞋子，参加了踢球测验，并且得到冲锋队的一份合约。

但是教练却尽量婉转地告诉他，说他"不具有做职业橄榄球员的条件"，建议他去试试其他的事业。最后他申请加入新奥尔良圣徒球队，并且请求给他一次机会。教练虽然心存疑虑，但是看到这个男孩这么自信，对他产生了好感，因此就收了他。

两个星期后，教练对他的好感加深了，因为他在一次友谊赛中踢出50多米远而得分。这种情形使他获得了专为圣徒队踢球的工作，而且在那一季中为他的球队踢得了99分。

然后，到了最神圣的时刻。那一刻，球场上坐满了几万名球迷。球是在25米线上，比赛只剩下几秒钟，球队把球推进到40米线上，可以说根本就没有时间了。"汤姆，进场踢球！"教练大声说。当汤姆进场的时候，他知道他的队距离得分线还有50多米远，是由巴第摩尔雄马队毕特·瑞奇踢出来的。

球传接得很好，汤姆一脚全力踢在球身上，球笔直地前进。但是踢得够远吗？几万名球迷屏气观看，接着终端得分线上的裁判举起了双手，表示得了3分，球在球门横杆之上几英寸的地方越过，汤姆所在的队以 19 比 17 获胜。球迷狂呼乱叫，为踢得最远的这一球而兴奋，这是只有半只脚和一只畸形的手的球员踢出来的！

"真是难以相信！"有人大声叫，但是汤姆只是微笑。他想起了他的父母，他们一直告诉他的是他能做什么，而不是他不能做什么。汤姆之所以创造出这么了不起的纪录，正如他自己说的："父母从来没有告诉我，我有什么是不能做的。"

知识加油站

橄榄球，是球类运动的一种。起源于英国，盛行于英、美、澳、日等国家。拉格比是英国中部的一座城市，那里有一所拉格比学校，是橄榄球运动的诞生地。

小故事大道理

没有什么事情是你不能做的！首先，你要相信你能，然后尝试，尝试，再尝试。最后，你就会发现，你确实能。就算境遇再残酷，现实再无情，我们都要坚定信念，不要被悲观的命运打倒，尝试面对现实，感谢周围朋友的关照，憧憬未来生活的美好，你就会感悟生命的真谛。

向命运发起挑战

约翰·库提斯是世界上公认的国际超级激励大师。他刚出生时只有可口可乐罐子那么大，躺在观察室里奄奄一息。他的腿是畸形的，而且没有肛门，医生只好给他割了道深口，让他能痛苦地排便，他的膀胱和肠也不正常。医生断言，孩子几乎不可能活过 24 小时！然而，他挣扎着，一周过去了，一个月又过去了……就这样，他顽强地活了下来。

当他背着比他个头还大的书包，坐在轮椅上开始憧憬新的生活时，他压根儿也没有想到迎接自己的却是噩梦。个头矮小的他成了学校调皮学生的玩偶：他们掀翻他的轮椅，弄坏他轮椅上的刹车让他从走廊直接"飞"进老师办公室。最恶劣的一次是几个同学用绳子绑住他的手，用胶纸封住他的嘴，把他扔进垃圾箱里，接着在垃圾箱外点起了火，滚滚浓烟令他窒息，他恐惧极了，直到一位女老师冒死将他解救出来……

他终于无法忍受了，回到家，想着自己一次次被折磨、被侮辱的遭遇，他放声大哭。他想到了自杀，但是父母劝阻了他。

母亲对他说："你是世上最可爱的孩子，是爸爸妈妈的荣幸。"

父亲告诉他："人为责任而活着，即使身体上有残缺，也可以创造一番事业。"

在父母爱的力量鼓舞下，他以超人的毅力继续生活、学习。

可是，上天再次捉弄了约翰。他被查出患有睾丸癌！切除两个睾丸后，医生又一次无情地告诉他，癌细胞已经扩散，他只有 12～24 个月的生命了。约翰不愿坐以待毙，一年中，他查阅各种资料，四处寻求好的建议，俨然成了一名癌症专家。2005 年 5 月，医生惊奇地发现，约翰还是那么健康。

后来，常有人追问他的种种故事。终于，在一次午餐会上，约翰应邀做了简短的演讲。他的经历与现状让在场的观众热泪盈眶，并赢得了热烈的掌声。那次经历让约翰猛然发现了一个最适合自己的职业——在讲台上，讲出自己的挣扎与拼搏，讲出自己的恐惧与忧伤，讲出自己的渴望与梦想！

如今，约翰已在190多个国家作了800多场演讲，他用自己的亲身经历，激励和影响了无数听众……

约翰·库提斯，1969年8月14日出生于澳大利亚，天生双腿残疾。17岁因同学用小刀他将毫无知觉的腿切得血肉模糊，伤口感染，被迫切去下半身。他的事迹在世界范围内广为流传，他曾经来到中国北京做演讲，为中国人所熟知。他现在是世界上公认的激励大师。

故事大道理

无论命运有多么残酷，都不要放弃自己，要相信自己能行，敢于向命运挑战！约翰在演讲中曾说过，无论你认为自己多么的不幸，在这个世界上永远有比你更不幸的人！无视自己的不幸吧，用无穷的斗志和毅力去对抗磨难，正是这些残酷的打击，才让我们发出更加耀眼的光彩。

在逆境中等待时机

　　会稽一战，越王勾践大败，被迫屈身前往吴国，服侍夫差，暂时隐忍，以图日后东山再起。在吴国，夫差安排勾践和他的夫人及范蠡三人一块养马放牧。夫差屡次派人来窥探，这三个人白日里一起外出，辛苦劳作，夜里共居石室，没有一丝的怨恨之色，也不闻叹息声。夫差以为勾践当真是无志返乡，便放了心，不去理会。

　　一日，勾践待在石室里，闻知吴王夫差身患重病，便请范蠡占卜吉凶。范蠡占卜一算，断定夫差的病几天后会痊愈。勾践叹了口气，踱步不语。他真希望夫差能病死，自己就可以回国了。范蠡上前说道："大王，我有一计，或许能够侥幸成功，脱身返国。大王请求入宫问病，倘使夫差肯召见，大王便借机求取其粪而尝之，观察颜色，再拜称贺，言病愈之期。到时夫差的病真好了，必念大王忠孝之心，这就有望回国了。"勾践一听，双泪横流，说道："我虽不肖，也曾为一国之君，又怎能含污忍辱，尝人粪便呢？"范蠡道："以前纣囚西伯羑里，杀了西伯的儿子伯邑考，烹而饷之，西伯忍痛食吞子肉。欲成大事，不问细行。吴王夫差有妇人之仁，没有丈夫之决，不这样，怎能取得夫差的怜悯？"勾践沉默半晌，点头称是。

　　通过吴国太宰伯喜否的引见，勾践得以进见夫差。进入内室，夫差挣扎着问道："勾践，你也是来探病问安的吗？"勾践叩首奏道："我闻大王玉体失康，如摧肝肺。愿上天保佑大王早日康复。"二人没说几句话，夫差便觉腹中胀痛，忙令使者捧了便盆进来。一会儿，使者退下，勾践揭开便桶盖，手取其粪，跪而尝之。片刻，勾践道："我有好消息，大王的病快好了！"夫差很奇怪，问道："勾践，你怎么知道的？"勾践道："我听医师道'夫粪者，谷味也。顺时气则生，逆时气则死。'

如今我尝大王之粪，味苦且酸，正应了春夏的生发之气，这才知道的。"夫差大悦道："勾践真是仁者啊！臣子事君父，又有谁肯尝粪断病？别说太宰，就连我的儿子也做不到啊！"

当下，夫差便命令勾践回去后迁出石室，先就近僦居民舍，许诺道："待我病愈，即当遣你回国。"勾践再三拜谢。不久，夫差的病渐渐好转，日期与勾践所言并无二致。

夫差心里牵念勾践的忠孝，终于放勾践返回越国。不想几年后，勾践在国内发奋图强，强盛国力，最终灭了吴国。

知识加油站

　　范蠡，字少伯，春秋末著名的政治家、军事家和实业家。后人尊称"商圣"。他出身贫贱，但博学多才，因不满当时楚国政治黑暗、非贵族不得入仕的境况而投奔越国，辅佐越国勾践。帮助勾践兴越国，灭吴国，一雪会稽之耻，功成名就之后急流勇退。其间三次经商成为巨富，又三散家财，自号陶朱公，是我国儒商之鼻祖。

小 故事 大 道理

　　作为一个亡国之君，勾践没有沉沦，而是屈身服侍夫差。这需要何等强烈的忍耐力？人生的路有起有落，逆境虽然痛苦压抑，但对一个有作为、有修养的人士来讲，在各种磨砺中可以锻炼自己的意志，从而使自己由逆向顺。

第 九 章
感谢压力激发了我们的斗志和激情

　　压力产生动力，压力产生能力。上天在为我们创造许多机会的同时，也为我们制造了许多的压力。在我们的日常生活或学习中，压力无处不在。压力带给一个人的不仅仅是痛苦和沉重，它也能激发人的斗志和内在的激情。适当的压力，不仅是我们发挥潜能的刺激因素，更是让我们挑战自我的最佳动力。

　　感恩压力，是它敦促我们在人生的洪流中激流勇进；感恩压力，是它让我们心中即将枯萎之树又添嫩芽；感恩压力，也是它让我们知难而进，即使迎着风雨，也能坚定而执着地继续向前！相信只要你能顶住压力，克服压力，将压力变为动力，那么你的成功之树一定能够硕果累累。

从黑暗走向光明

石田退三是日本著名的丰田汽车公司的缔造者。

小时候家境贫穷，石田退三没钱上学，他只能到京都的一家洋家具店当店员。在家具店工作了8年后，由朋友的母亲介绍，到彦根做了赘婿。入赘后，他才知道太太家没有一点财产，这让他感到有些失望。

贫困的生活是很无奈的，他只能将新婚太太留在彦根，一个人到东京一家店里当推销员。所谓的推销员，其实就是推着车子去推销货品的小贩。这样咬紧牙关干了一年多，他的身体终于支持不住了，无奈之下离开这家店回到了妻子家。

然而，在家里等着他的并不是温暖和安慰，而是鄙视的目光、令人难堪的日子和更加沉重的压力攻击。"你真是个没有用的家伙！"周围看他的目光是如此，岳母更是丝毫不留情。她说："你是我见过的最没有用的人！"这些羞辱几乎气得他眼前发黑，几近晕倒。步履艰难地过了几个月后，他终于承受不了这些沉重的压力，被逼得想通过自杀来解脱。

他抱着黯淡的心情，前去琵琶湖自杀时，却忽然间恍然大悟。他猛然抬起头来，想道：像我如此没有用的人应该非死不可。但如果我真有跳进琵琶湖的勇气，为什么不拿这勇气来面对现实，奋力拼搏，打开一条出路呢？我应该尽自己最大的努力，奋发图强，克服重重困难，用坚定的毅力做出一番轰轰烈烈的事业来，给那些鄙视我、不断给我施加无尽压力的人看才是！这个想法让石田退三勇敢地站了起来，一股强大的力量仿佛在他体内激荡着。

石田退三不再满脸愁容，不再想着用自杀来逃避现实了，而是搭上了回家的火车。从此，他不再自怨自艾，他托朋友介绍到一家服装商

店当店员。在这儿，他重新鼓起奋斗的勇气，将忧愁化为力量，用坚定的毅力承受来自各个方面的压力和挫折。

40 岁那年，他到丰田纺织公司服务。他不怕艰难，刻苦奋斗，全力以赴地投入工作。对于他处事得当的能力和一丝不苟的精神，丰田公司的创业者丰田佐大为赏识。在石田 50 岁那年，丰田派他担任汽车工厂的经理。53 岁时，公司将经营的大权交给了他。

回首往事，石田总是感慨地说："人生就是战场，在这战场上打胜仗的唯一法宝，便是斗志和毅力。我要感谢那些曾经给我压力的人和曾经光顾我的困难。如果没有它们，就不会有我的今天。"

知识加油站

入赘，指的是男方到女方家里落户，俗称"倒插门"。在旧中国封建社会里，男女不平等，男尊女卑，女到男家成亲，这是天经地义的事。但是也有男到女家成亲落户的。这种婚姻多是女家无兄无弟，为了传宗接代而招女婿上门。中华人民共和国成立后，为了改变男尊女卑的传统观念，大力提倡男女平等，鼓励男到女家成婚落户，并享有平等的权利。

小故事大道理

如果没有周围的冷言冷语，如果没有那场自杀，如果自己没能顶住那些压力的话，又怎会有如今石田的卓越成就呢？因而石田感慨地说："我要感谢那些曾经给我压力的人和曾经光顾我的困难。如果没有它们，就不会有我的今天。"这就是这个故事给我们的启发。

学会承受让你更勇敢

1996 年，刘翔获得上海市少年田径锦标赛乙组冠军。这是刘翔记忆中获得的第一个跨栏冠军。刘翔小学二年级时练跳高，练习时，他总是说："让我先来。"12 岁时，刘翔从跳高转到跨栏，练得更苦。白天经常出现呕吐现象，晚上躺在床上也会觉得全身酸痛。尤其是膝盖内侧被栏架磕破，汗水渗进去时更让他痛得难受。

2004 年雅典奥运会 110 米栏的决赛上，有一个身影让中国铭记，有一枚金牌改写了历史，一个让中国骄傲、让人们自豪的运动员，他就是刘翔！

2006、2007、2008 年，刘翔再创佳绩，甚至跑出了 12 秒 88 的好成绩，也让世界看到了一个正在崛起的中国！

就当人们沉浸在喜悦中，期盼着刘翔能在北京奥运会上再夺金牌时，2008 年 6 月 13 日古巴小将戴伦·罗伯斯竟跑出了 12 秒 87。就在这时，刘翔的教练又说出他受伤的消息，这让很多中国人捏了一把汗。就在比赛的前几天，刘翔的跟腱又受伤了，一发力就站不稳。

2008 年 8 月 18 日，上午 11 时 45 分，万众瞩目的刘翔终于出现在跑道上，全场沸腾，但刘翔的面部表情却显得格外难受，腿也总是跟跟跄跄地走来走去，这个景象让全场中国人的心都揪了起来，他在比赛前还在贴膏药。准备比赛了，刘翔正准备舍命一搏，谁能想到有人抢跑了，刘翔无奈地揭下了号码牌……

接下来的比赛，是让所有中国人为之心痛的一景：刘翔揭下号码牌，无奈地转身，跟跟跄跄地走向出口，脸上带着无奈的神情，走出场地，在"众目睽睽"之下，走到一块挡板前，痛苦地坐下了，接着低下了头……然后只听见场内的广播说："刘翔因伤退出比赛。"

　　比赛结束后，有一个新闻发布会，刘翔的教练孙海平泪流满面，在交谈中，好几次因为伤心哽咽了，他说："刘翔在进场前，有三个医生为他治疗，用冰冻、喷雾等都不管用，最后……他都站不起来了，全身都在抖，因为跟腱是个发力点，一用力就发软，我……"

　　比赛后，有记者采访了刘翔，他这样说："不是万不得已，我不会做出这个决定，我也不会退出！"

　　刘翔的赛场退赛，引来了无数的非议。然而此刻的刘翔经受着生理与心理的双重打击，这对于一个二十几岁的男孩来说，无非是二十几年人生路上最令他痛苦的时刻。从众星捧月般的呵护到猜忌、愤怒，甚至于受到疾声大骂，刘翔经历着人生之中极大的转折点。但是面对众人的指责，坚毅的刘翔明白，只有当自己重新站回原本属于他的那个位置时，人们才会真正地相信和谅解他。

　　经过痛苦的煎熬与努力，2009年9月20日21时55分，在上海国际田径黄金大奖赛赛场，刘翔迎来了他的复出首战。这场男子110米栏比赛中共有9名选手参赛，分别为中国选手刘翔、史冬鹏、谢文骏，美国选手约翰逊、特拉梅尔和布朗，另外三名选手为南非选手鲍恩斯和荷兰选手塞多克与克鲁沁。

　　随着发令枪的一声惊响，激烈的赛事开始了，最终结果，刘翔复出首战以13秒15位列第二，而特拉梅尔以相同的成绩夺得了金牌。2010年广州亚运会，在万众瞩目的男子110米栏决赛里，中国飞人刘翔以13秒09摘得金牌，实现了前无古人的亚运会110米栏三连冠，他的成绩同时也刷新了亚运会纪录。刘翔正以他自己的方式慢慢重新回到人们的视线中，回到那个令所有人魂牵梦绕的赛场。

　　奥林匹克运动会（简称奥运会）是国际奥林匹克委员会主办的包含多种体育运动项目的国际性运动会，每四年举行一次。奥林匹克运动会最早起源于古希腊，因举办地在奥林匹克而得名。奥林匹克运动会现在已经成了和平与友谊的象征。

小故事大道理

飞人刘翔从人生的沸点一下被冷落结冰，甚至被谩骂、被猜忌。但是，他并没有因此而气馁、一蹶不振，相反地，这些曲解和愤怒更激起了他重回赛场的斗志。终于，飞人刘翔又以全新的姿态回来了！他没让爱他的国人失望，没让教练失望，更没让自己失望！

用毅力面对人生

亨利·比克斯特恩的父亲是一位外科医生，他也即将继承父业。

在爱丁堡求学期间，比克斯特恩就以坚韧、刻苦而出名，对医学研究的专注与投入更是许多人所不及的。而且，他对医学的忠诚也从来没有动摇过。

比克斯特恩毕业后回到家乡，便开始积极地投身到医师的工作行列。但不知道为什么，时间一久，他渐渐对这个职业失去了兴趣，更对这个偏僻小镇的封闭与落后产生了不满情绪。他渴望能再进一步地提升自己，并开始喜欢上了哲学和思考。很幸运，父亲对他的爱好给予了极大的支持，并鼓励他到剑桥大学继续深造，期许他能在这个世界闻名的大学中有进一步的发展。

但是，比克斯特恩的身体状态不太好，健康出了严重的问题。为了能尽快恢复身心健康，他接受了一项职务，就是到洛德奥克斯福德当一位旅行医生。

在这段时间内，他开始学习意大利文，并对意大利文学也产生了浓厚的兴趣。渐渐地，他对医学的兴趣更加淡薄了，几乎马上就要放弃医学了。

到了剑桥大学后，他努力攻读学位，还获得当年剑桥大学数学考试的第一名。毕业后，他再次因为健康原因而无法进入军界服务，只好转行做律师工作。他以一个刚毕业学生的身份进入了皇家法学协会，并且就像以前钻研任何一门学问一样，非常刻苦地钻研着法律。

在给父亲的信中，他这样写道："每一个人都对我说：'以你的毅力，你一定会成功的。'虽然我不知道将来会是什么样子，但我知道的是，只要我用心做，就绝对不会失败。"在比克斯特恩28岁那年，他被聘进入了律师界。虽然也曾经历过一段相当艰难的日子，但是，他最终成了一位声名显赫的主事官，并以蓝格德尔贵族的身份进入了上议院。

　　上议院，某些国家两院制议会的组成部分。上议院有权否决下议院所通过的法案。议员由间接选举产生或由国家元首指定，任期比下议院议员长，有的终身任职，也有世袭的。上议院名称各国叫法不一，如英国叫贵族院，美国、日本叫参议院等。

小故事大道理

　　成功人士之所以杰出，不在于他们有多好的运气，而是他们拥有直面困难和压力的勇气；能在重重压力下，用非凡的毅力在困境中挺立起来。在压力的打磨下，他们的人格才更显出耀眼的光辉，他们的潜能才能得到充分的发挥，并最终登上成功的顶峰。

在绝境中激发潜能

加拿大有一位享有盛名的长跑教练。由于他在很短的时间内培养出了好几名长跑冠军，所以，很多人都向他探询训练秘诀。但谁也没有想到，他成功的秘诀竟是一个神奇的陪练，这个陪练不是一个人，而是几匹凶猛的狼。

因为这位教练给队员训练的是长跑，所以他一直要求队员从家里出发时一定不要借助任何交通工具，作为每天训练的第一课，必须自己一路跑来。有一个队员每天都是最后一个到，而他的家并不是最远的。教练甚至想告诉他改行去干别的，不要在这里浪费时间了。

但是，有一天，这个队员竟然比其他人早到了 20 分钟，教练惊奇地发现，这个队员今天的速度几乎可以打破世界纪录。

原来，在离家不久，他遇到了一只野狼。那只野狼在后面拼命地追

他，他在前面拼命地跑，结果那只野狼竟被他给甩下了。

教练明白了，今天这个队员超常发挥是因为一只野狼，他有了一个可怕的敌人，这个敌人使他把自己所有的潜能都发挥了出来。

于是，这个教练聘请了一个驯兽师，并找来几只狼，每当训练的时候，便把狼放开。没过多长时间，队员的成绩都有了大幅度的提高。

日本的游泳运动一直处于世界领先地位，有人说，他们的训练方法也有着很神奇的秘密：日本人在游泳馆里养着很多鳄鱼。

队员每次跳下水之后，教练都会把几只鳄鱼放到游泳池里。这样，几天没有吃东西的鳄鱼见到活生生的人，立即兽性大发，拼命追赶运动员。而运动员尽管知道鳄鱼的大嘴已经被紧紧地缠住了，但看到鳄鱼的凶相时，还是条件反射似的拼命往前游。

　　经典条件反射，是俄国生理学家伊万·巴甫洛夫提出的科学命题。最著名的例子是，巴甫洛夫关于狗的唾液条件反射。较老的狗一看到食物就淌口水，而不必尝到食物的刺激。也就是说，单是视觉就可以使狗产生分泌唾液的反应。

小 故事 大 道理

　　一个强劲的对手，会给你无形的巨大压力，会让一个人发挥出巨大的潜能，创造出惊人的成绩，尤其是当敌人强大到足以威胁到你的生命时。如果能有一种力量，始终在你身后像敌人一样追赶你，反而是一种福分、一种造化，因为一个强劲的对手会让你时刻都有危机感，这些压力会激发你更加旺盛的精力和斗志。

再坚持一下

年过七旬的老亨利是一家大公司的董事长，但他仍然坚持每天到公司上班。

老亨利对员工很和善，看见有员工工作没做好，就会和蔼地说："伙计，别灰心，再坚持一下，一定能成功。"说完还拍拍对方的肩膀。他这种做法很得人心，公司上下对他都很感激，也十分卖劲地工作，谁也不偷懒。

有一次，产品设计部的经理汤姆向老亨利汇报说："董事长，这次设计又失败了，我看还是别再搞了，都已经第9次了。"汤姆神情非常沮丧，眉头紧皱。

"年轻人，别着急，坐下来说。"老亨利指了指椅子，"有时候事情就是这样，你屡战屡败，眼看没有希望了，但是再坚持一下，没准就能成功呢。"老亨利边说边将一支雪茄塞进嘴里。

"董事长，我真没办法了，要不您换个人吧。"汤姆的声音有些沙哑。

"汤姆，你听我说，我让你来设计，就相信你能成功。来，听我给你讲个故事吧。"老亨利吸了一口雪茄，开始讲起来：

"我也是个苦孩子，从小没受过什么正式教育。但是，我不甘心，一直在努力，终于在我31岁那年，发明了一种新型的节能灯，这在当时可是个不小的轰动呢！但是，我是个穷光蛋，要进一步完善需要一大笔资金。我好不容易说服了一个私人银行家，他答应给我投资。

我发明的这种新型节能灯刚一投放市场，其他灯就都没销路了，于是就有人暗中阻挠。而且谁也没想到，就在我要与银行家签约的时候，我突然得了胆囊炎，住进了医院，大夫说必须马上做手术，否则会有生命危险。那些灯厂的老板知道我得病了，就开始在报纸上大造舆论，

说我得了绝症，骗取银行的钱来治病。结果，那位银行家不准备投资了。

更严重的是，有一家机构也正在加紧研制这种节能灯，如果他们抢在我前头，我就完蛋了！我躺在病床上真是万分焦急，最后只能铤而走险，不做手术，如期地与那位银行家见面。

见面前，我让大夫给我打了镇痛药。和银行家见面后，我忍着剧烈的疼痛，装作没事似的，和银行家谈笑风生。但时间一长，药劲过去了，我的肚子就像刀割一样疼，后背的衬衣也让汗水湿透了。可我仍然咬紧牙关，继续周旋。我当时心里就只剩下一个念头：再坚持一下，成功与失败就在能不能挺住这一会儿！病痛终于在我强大的意志力下低头了，最后我终于取得了银行家的信任，签了合约。

我在送他到电梯口时脸上还带着微笑，并挥手向他告别。但电梯门刚一关上，我就扑通一下倒在地上，失去了知觉。提前在隔壁等我的医生马上冲过来，用担架将我抬走。后来据医生说，我的胆囊当时已经积脓，相当危险。知道内情的人无不佩服我这种精神。我呢，就靠着这种精神一步步走到现在。"

汤姆被老亨利的故事感动了，和董事长相比，自己遇到的这点压力算什么呢？他感到万分羞愧。

"董事长，您的故事让我非常感动，从您身上我真正体会到了再坚持一下的精神。我非常感谢您给我的鼓励和提醒。我回去再重新设计，不成功，誓不罢休。"汤姆挺着胸，攥着拳，脸涨得通红，说话的声音有些颤抖。

事实是最好的证明，在试验进行到第 12 次的时候，汤姆终于取得了成功。

> **董事长**，也叫董事会主席或董事局主席，是公司或集团的最高负责人，股东利益的最高代表，统领董事会。在日本和韩国，大型会社（公司）最高负责人一般称为会长，其职责相当于董事长。

"再坚持一下",我们正需要这种精神,如果双脚刚刚迈出两步就又退回了原点,那么我们又怎么能战胜压力走向成功呢?我们一定要始终抱着一种不服输的精神,一种失败后再坚持一下的勇气,只有这样,我们才能走向终点,取得成功。

摆脱压力看未来

本田汽车公司的创始人——本田宗一郎先生有着传奇的一生。

1938 年,当时的本田先生还是一名普通的学生,为了研制理想的汽车活塞环,他变卖了所有的家产,然后夜以继日地与油污为伍,以工厂为家。经过他几年的努力,新产品终于研制出来了。但是,当他把产品送到丰田公司时,却被认为质量不合格。为了进一步获取知识,更加完善自己的设计,他又重新回到学校苦修了两年。

在这期间,他的设计经常被老师和同学们嘲笑,甚至被认为是不切实际的。面对别人的否定和嘲笑,他没有放弃,继续咬紧牙关朝着既定的目标前进。终于在两年之后,他获得了丰田公司的购买合约,实现了他长久以来的心愿。

然而,随着第二次世界大战的爆发,新的问题又出现了——一切物资都很吃紧,他根本就买不到用来建工厂的水泥,他陷入了困境之中。但是,他依然没有就此放弃,而是另谋他路。接下来的日子里,他与伙伴们一起研究、探讨,终于研究出了一种新的水泥制造方法,并建起了他们自己的工厂。可是战争并没有因为他的成绩而放过他,他的工厂曾两次遭遇美军的轰炸,几乎所有的制造设备都被毁掉了。

这一现实几乎让本田先生绝望了,但最终,他还是勇敢地面对了这个现实,然后用乐观的语气说:"感谢美国人给我送来了原料,我很快

就要成功了！"接着，便立即召集工人去捡拾美军飞机所丢弃的汽油桶。

就在本田还没有站稳脚跟的时候，一次强烈的地震又袭来了，他的整个工厂几乎变成了一片废墟。无奈之下，他只得把制造活塞环的技术转让给了丰田公司。

第二次世界大战结束后，汽油成了日本最为短缺的资源。本田根本就没法再开车出门，家里所需的一切食物也无法买回。最后，他不得不试着把马达装在脚踏车上。结果邻居们见状，也都纷纷央求他去改装他们的脚踏车。他装了一部又一部，突发奇想：何不就此开一家工厂来专门生产这种摩托车呢？不过很可惜，当时他并没有开工厂所必需的资金。

本田决定向全日本的 18 000 家脚踏车店求助。他给每一家脚踏车店写信，告诉他们如何借着他发明的产品振兴自己的企业。功夫不负有心人，有 5 000 多家店收到信后表示愿意与他合作。然而，当时他所生产的摩托车既大又笨重，只能卖给少数的摩托车迷。为了扩大市场，本田先生再一次动手改造，更轻巧的摩托车一经推出，很快就赢得了满堂彩。随后，他的摩托车远销到欧美。

今天，本田汽车公司已经是日本最大的汽车制造公司之一，在美国的销售量仅次于丰田。

小故事大道理

成功是靠不断的积累得来的，并不是一蹴而就的。本田先生曾说，他很感激过去曾经遭遇的那些压力和困难，如果没有它们，自己的一生就可能庸庸碌碌，毫无成就。正是那些压力激发了他的无限潜能，让自己在经历了一次又一次失败后，仍能保持乐观心态，最终走向成功。

本田公司创立于 1948 年，创始人是传奇式人物本田宗一郎。公司总部在东京，现有雇员 18 万人左右。该公司是世界上最大的摩托车生产厂家，汽车产量和规模也名列世界十大汽车厂家之列。

风雨过后是彩虹

辛迪·克劳馥是美国著名的模特。

小时候的克劳馥是个非常喜欢大自然的孩子，一有时间就跑到公园或森林里玩。

读小学的时候，小克劳馥会在课余时间收集一些棕色的蛾茧。等到春天来临之时，她便可以看见小蛾们从蛹中挣扎出来。每当她看见小生命出生的情景，她的心中都充满了感动。

有一次，她看见一只小蛾正在慢慢地从蛹里爬出来，但却非常辛苦地拨弄身上的丝茧。心生不忍的小克劳馥见状很想为它分担一些压力，于是找来工具帮它把缠绕在身上的那些细丝剪断。

可是，她的做法不仅没有帮助小蛾，而且小蛾出来后很快就死了。

伤心的小克劳馥难过地大哭起来，不知道为什么结果会是这样。这时，妈妈听见女儿的哭声，急忙跑过来问。等她把事情搞清楚之后，便温柔地对女儿说："我的宝贝，当小蛾从茧里出来时，必须有一段生命的搏斗经历啊！因为只有这样，它才能将身上的废物排除干净，否则废物一旦留在它的体内，就会使它因先天不足而死亡啊！"

小克劳馥抹了抹眼泪，认真地听完妈妈的解释，明白地点了点头。

随着年龄的增长，她也慢慢地体会到，人很多时候也像小蛾一样。

一旦被压力打垮，生命也就会变得软弱无力，承受不住任何风吹雨打，生存机会也会慢慢消失。所以，克劳馥从来没有懈怠过，即使面临再大的困难，她也坚强面对。她不断提醒自己必须承受各方面的压力。最后，她终于成为世界名模的翘楚！

　　辛迪·克劳馥，美国超级名模，她是全球第一批五大超级名模之一，1997 年她被《Shape》杂志 4 000 名读者评为世界上第二大美女。1998 年辛迪·克劳馥与富商蓝德·格伯结婚，两人现已生子，生活幸福美满。

小 故事 大 道理

　　不要惧怕生活中的困境和压力，没有克服压力、解除困境的过程和经历，你的人生是不完美的。不经历风雨怎能见彩虹，任何人都摆脱不了压力的侵扰，我们不仅要学会减压，还要适当给自己加压，因为压力是孕育成功的土壤，失去压力，你就失去了成功的基石。相信风雨过后一定是彩虹满天，压力过后，一定会有成功的那一天。

第 十 章

感谢失去让我们更加珍惜所拥有的一切

　　失去并不等于失败，换一种心境，失去也可以是一种获得。古人云：吃亏是福。一时的失去，并不值得为它难过和遗憾，"祸兮福之所倚，福兮祸之所伏"，所以不必太过计较得失。有失必有得。失去了太阳还有星星，它依然可以照亮来时的路；失去了大海还有小溪，蜿蜿蜒蜒仿佛多了另一种情调；失去了鲜花还有小草，顽强可敬的生命更让人肃然起敬……

　　所以，不要害怕失去，相反，要感恩失去，用一颗从容平淡的心去看待它。失去的已经失去，即使你有多么不舍，它也不可能再回来，倒不如让自己放下包袱，从失去中看到希望。失去过的人更懂得珍惜，失去过的人更渴望得到，所以失去过的人更理解人生！

失 去 之 后 再 得 到

松下幸之助是日本著名跨国公司"松下电器"的创始人，被人称为"经营之神"。

他9岁起就去大阪做小伙计，父亲的过早去世使得15岁的他不得不担负起生活的重担，寄人篱下的生活使他过早地体验到了做人的艰辛。

22岁那年，松下幸之助晋升为一家电灯公司的质检员。就在这时，他发现自己得了家族病，已经有9位家人在30岁前因为此病离开了人世。他没有了退路，反而对可能发生的事情有了充分的心理准备，这也使他形成了一套与疾病做斗争的方法：不断调整自己的心态，以平常心面对疾病，调动机体自身的免疫力、抵抗力与病魔做斗争，使自己保持旺盛的精力。

这样的过程持续了一年，他的身体也变得结实起来，内心也越来越坚强，这种心态也影响了他的一生。患病一年来的苦苦思索，改良插座的愿望受阻后，他决心辞去公司的工作，开始独立经营插座生意。创业之初，正逢第一次世界大战，物价飞涨，而松下幸之助手里的所有资金还不到100元。公司成立后，最初的产品是插座和灯头，却因销量不佳，工厂到了难以维持的地步，员工相继离去，松下幸之助的境况变得很糟糕。

但他把这一切都看成是创业的必然经历，他对自己说："再下点儿工夫，总会成功的！已有更接近成功的把握了。"他相信：坚持下去取得成功，就是对自己最好的报答。功夫不负有心人，他的生意逐渐有了转机，直到6年后拿出第一个像样的产品，也就是自行车前灯时，公司才慢慢走出困境。

1929年经济危机席卷全球，日本也未能幸免于难，公司产品销量锐减，库存激增。日本的战败使得松下幸之助几乎变得一无所有。1949年时，他欠下了达 10 亿元的巨额债务。为抗议把公司定为财阀，松下幸之助去美军司令部进行交涉的次数不下 50 次。

一次又一次的打击并没有击垮松下幸之助，如今松下电器已经成为享誉全世界的知名品牌，而这个品牌也是在不断的磨砺之中逐渐成长起来的。

知识加油站

1929 年经济危机，即 1929—1933 年的经济危机，它是资本主义世界爆发的空前的大危机。这次经济危机首先在美国爆发，随即席卷整个资本主义世界，形成了前所未有的、持续最久的世界经济大危机。

小故事大道理

松下幸之助以一生的事业奋斗经历和优秀的经营管理才能，以及世人瞩目的业绩，为自己赢得了无比辉煌的荣誉。在这些荣誉的背后，我们可以看出他对失去的东西的态度。只要对未来充满信心和希望，那么就有可能在失去之后再得到，人生也会因此而快乐和幸福。从这个意义上说，感恩失去意味着我们能够收获更多。

失去腿而保全了命

美国缅因州，有一个伐木工人叫巴尼·罗伯格。一天，他独自一人开车到很远的地方去伐木。一棵被他用电锯锯断的大树倒下时，被对面的大树弹了回来，他躲闪不及，右腿被沉重的树干死死压住，顿时血流不止，疼痛难忍。面对自己伐木史上从未遇到过的失败和灾难，他的第一个反应就是：我该怎么办？

巴尼·罗伯格看到了这样一个严酷的现实：周围几十里没有村庄和居民，10小时以内不会有人来救他，他会因为流血过多而死亡。他不能等待，必须自己救自己。

他用尽全身力气抽腿，可怎么也抽不出来。他摸到身边的斧子，开始砍树。但因为用力过猛，才砍了三四下，斧柄就断了。

他真是觉得没有希望了，不禁叹了一口气，但他克制住了痛苦和失望。他向四周望了望，发现在不远的地方，放着他的电锯。他用断了的斧柄把电锯弄到手，想用电锯将压着他的腿的树干锯掉。可是，他很快发现村干是斜着的，如果锯树，树干就会把锯条死死夹住，根本拉动不了。看来，死亡是不可避免了。

然而，正当巴尼·罗伯格几乎绝望的时候，他忽然想到了另一条路，那就是不锯树而把自己被压住的大腿锯掉。这是唯一可以保住性命的办法！他当机立断，毅然决然地拿起电锯锯断了被压着的大腿。他用常人难以想象的决心和勇气，成功地拯救了自己！

缅因州是美国大陆最孤立、最偏僻的一州。它位于美国的东北角，只有西南方与新罕布什尔州为邻。它的轮廓好像一块大木楔，向北方深深地塞进加拿大魁北克与新伯伦瑞克两省之间。这里的林区约占本州总面积的80%，主要木材为白松。

小故事大道理

有时失败恰似一条飞流直下的瀑布，看上去仿佛湍流急泻、不可阻挡，实际上却可以凭借人们的智慧和勇气，让其改变方向，朝着人们期待的目标潺潺而流。就像巴尼·罗伯格，当他清楚地知道用自己的力气已经不能抽出腿、也无法用电锯锯断树干时，便断然将腿锯掉。虽然失去了一条腿，但却拯救了宝贵的生命。相对于死亡而言，这是不幸之中的万幸！

失去阳光还有星空

　　一来到这个世界，就因身体有缺陷而被亲生父母抛弃，真是人间悲剧。不过，能被社会福利机构收养，享受家一般的温暖，又是不幸中的万幸。

　　1991 年 1 月 21 日，小海旺出生当天，就因先天性的双手各只有一个手指，双脚各只有两个脚趾而被父母遗弃在医院。此后，他在福利机构的阿姨照顾下长大。每当有人问起小海旺小时候看到别的小朋友和父母在一起会怎么想时，懂事的小海旺总会说，小时候他很调皮，总爱缠着照看他的阿姨撒娇，而阿姨们也很疼爱他，所以并没有觉得自己和其他的小朋友有什么不同。

　　小海旺因为身体的缺陷，曾经自卑过，第一天上学时，就不敢把手拿出来，生怕其他同学看到笑话他。后来，在老师的帮助下，他慢慢克服了这种自卑心理。小学上体育课时，跑完两圈热身运动后，老师就让身体十分弱的小海旺去一边休息。后来，其他同学做运动，小海旺也跟着去做，实在没办法做的，小海旺就站在一边看。

　　2006 年，小海旺被斗门区第三职业中学破格录取，学习的是电子商务专业。小海旺非常自立，洗衣服、叠被子都是自己动手，从来不需要别人帮忙。对于坚强的小海旺来说，他把自己看作一个正常人，他觉得自己和别人没有什么区别，别人能做到的，他也能够做到。

　　小海旺上初中后，对电脑产生了浓厚的兴趣。福利机构通过申请，购买了几台旧电脑供他和其他一些孩子学习。由于电脑比较旧，经常会出现一些故障，当维修人员来修理时，他总会站在一旁"偷师"，竟然学会了一些电脑维修知识。以后，电脑出现一些小故障，他也能够试一试了。

小海旺还报名参加了全国计算机等级考试，他希望以后能够成为一名计算机老师或者电脑技术人员。小海旺的电脑学得很好，同学们经常向他请教很多不懂的东西。

小海旺说他并不孤独，他感觉身边处处充满着爱心，他也期望自己将来可以利用所学的知识为社会多做贡献，回报所有关爱着他的人。

社会福利，是现代社会广泛使用的一个概念。它是指国家依法为所有公民普遍提供旨在保证一定生活水平和尽可能提高生活质量的资金和服务的社会保障制度。

小故事大道理

小海旺从一出生就被亲生父母遗弃，从此失去了人间的挚爱父爱和母爱，也错过了人生的许多快乐，但是小海旺却比一般的孩子更早地体会到了博爱的意义。也许小海旺的确曾失去过温暖的阳光，但是小海旺却看到了那些散发着璀璨光芒的群星……

有价换无价

威尔·罗吉士是非常著名的幽默大师。有一年冬天，威尔·罗吉士继承了一个牧场。

有一天，他养的一头牛，为了偷吃玉米而冲破附近一户农家的篱笆，最后被农夫杀死了。依当地牧场的共同约定，农夫应该通知罗吉士并说明原因，但是农夫没有这样做。

罗吉士知道这件事后，起初非常生气，于是带着佣人一起去找农夫论理。此时，正值寒流来袭，他们走到一半，人与马车全都挂满了冰

霜，两人也几乎要冻僵了。

好不容易抵达木屋，农夫却不在家，农夫的妻子热情地邀请他们进屋等待。罗吉士进屋取暖时，看见这个妇人十分消瘦憔悴，而且桌椅后还躲着5个瘦得像猴子一样的孩子。

不久，农夫回来了，妻子告诉他："他们可是顶着狂风严寒而来的。"

罗吉士本想开口与农夫理论，忽然又打住了，只是伸出了手。农夫完全不知道罗吉士的来意，便开心地与他握手、拥抱，并热情邀请他们共进晚餐。这时，农夫满脸歉意地说："不好意思，委屈你们吃这些豆子，原本有牛肉可以吃去的，但是忽然刮起了风，还没准备好。"

孩子们听见有牛肉可吃，高兴得眼睛都发亮了。

吃饭时，佣人一直等着罗吉士开口谈正事，以便处理杀牛的事，但是，罗吉士看起来似乎忘记了，只见他与这家人开心地有说有笑。

饭后，天气仍然相当差，农夫一定要两个人住下，等转天再回去，于是罗吉士与佣人在那里过了一晚。第二天早上，他们吃了一顿丰富的早餐后，就告辞回去了。

在寒风中走了这么一趟，罗吉士对此行的目的却闭口不提，在回家的路上，佣人忍不住问他："我以为，你准备去为那头牛讨个公道呢！"

罗吉士微笑着说："是啊，我本来是抱着这个念头的，但是，后来我又盘算了一下，决定不再追究了。你知道吗？我并没有白白失去一头牛啊！因为，我得到了一点人情味。毕竟，牛在任何时候都可以获得，然而人情味，却并不是很容易得到。"

寒流，人们又习惯地称为寒潮，它是冬季的一种灾害性天气，是北方的冷空气大规模地向南侵袭，造成大范围急剧降温和大风的天气过程。一般多发生在秋末、冬季、初春时节。

小故事大道理

故事中的罗吉士，失去了一头牛，却换得农夫一家人的笑容和幸福，这段经历更让他懂得生命中哪些才是无价的。在我们失去某些东西的时候，也许我们在其他方面已经得到了更加宝贵的东西。

"滑" 向 成 功

斯科特·汉密尔顿是前奥运滑冰冠军，他是个自信而且坚强的人。

他从小就被一对大学教授夫妇收养。两岁的时候他突然奇怪地停止长高了，而且他的健康状况也日益恶化。经过专家会诊，认为他患的是一种罕见的消化和吸收食物营养障碍的疾病，并认为他只能再活 6 年。还好，通过静脉注射营养液，他勉强恢复了体力，但是他的生长发育却受到了限制。一直到 9 岁，他才从医院出来。

他的姐姐苏珊经常会去滑冰场滑冰，他也总是跟着一起去。站在场外，他显得那么虚弱瘦小，鼻子里还插着一根通到胃里的鼻饲管。平时，那根管子的另一头就用胶带贴在他耳朵的后面。

一天，他看到姐姐在冰面上飞驰，突然转身对父母

说："我也想试试滑冰。"这句话让他的父母大吃一惊，甚至难以置信地看着这个病弱的孩子。

但是，为了满足他的心愿，父母答应了他的要求。从此，他就喜欢上了滑冰，并开始狂热地练习。在滑冰之中，他找到了乐趣，并且可以胜过别人。最重要的是，身高和体重在滑冰场上都不重要。

在第二年的健康检查中，医生吃惊地发现，这个小伙子居然开始长个子了！虽然对他来说，想达到正常的身高已经不可能，但他和他的家人对这个消息还是很高兴。重要的是，他开始慢慢恢复了健康，并正在获得成功，实现自己的梦想。

后来，再也没有哪个孩子嘲笑、戏弄他了。相反，他们会欢呼着冲上去请他签名。虽然他的身高只有 1.59 米，体重才 52 千克，但他肌肉健美，精力充沛。他参加了一次又一次令人赞叹的世界职业滑冰巡回赛，一系列的高难度冰上动作让观众如痴如狂。

身高的缺陷也无法限制汉密尔顿的信念和力量。现在，尽管他已经退役，不再是一名职业的滑冰选手了，但他仍旧是冬季运动中受人尊敬的教练、顾问和评论员。

知识加油站

滑冰，是一项冰上运动项目，分为速度滑冰、花样滑冰两种。滑冰运动不仅能够锻炼增强人体的平衡能力、协调能力以及身体的柔韧性，同时还可增强人的心肺功能，提高有氧运动能力。对于青少年来说，滑冰有助于小脑发育。

生命总是教我们在失去中收获，在收获中成长。学会为所失去的感恩，也学着接纳失去的事实，用坚定的信念去战胜那些所谓的困难。从失去中获得，让自己的人生充满新的色彩！

参 考 文 献

［1］汤林放　感恩造就卓越［M］北京：蓝天出版社，2007

［2］王志艳　学会感恩 懂得爱［M］北京：中国纺织出版社，2008

［3］游一行，邢群麟　最感动人心灵的故事全集［M］哈尔滨：黑龙江科学技术出版社，2008

［4］李娜　感谢折磨你的人［M］北京：华夏出版社，2010

［5］若木　感谢贫穷［M］北京：当代世界出版社，2007

［6］张玲英　幸福就在当下［M］哈尔滨：黑龙江科学技术出版社，2011

［7］杰克·布恩　心灵鸡汤，友情像春天一样［M］呼和浩特：远方出版社，2004

［8］林左辉　低调做人，高调做事的智慧［M］北京：海潮出版社，2009

［9］刘佳辉　快乐就这么简单［M］北京：中国三峡出版社，2006.

［10］曹外香　感恩朋友［M］北京：光明日报出版社，2009